GENE...

Geneviève Delpech a été pendant de longues années la femme de Michel, disparu en 2016. Elle l'a soutenu dans l'épreuve de la maladie et communique aujourd'hui avec lui grâce à son formidable don de médium. C'est le sujet de son ouvrage *Te retrouver*, paru en 2017 dans la collection « Témoins de l'extraordinaire ».

TE RETROUVER

GENEVIÈVE DELPECH

TE RETROUVER

FIRST
Éditions

© Édi8/Éditions First-Gründ, Paris, 2017

ISBN : 978-2-266-28027-3

Dépôt légal : juin 2018

À Michel

Tu n'auras pas grand'chose à faire

« Tu n'auras pas grand'chose à faire
Juste débrancher ce cathéter
De toi à moi je n'en peux plus
C'était super ce qu'on a vécu
J'veux plus souffrir j'ai eu ma part
Je veux partir pour autre part
Où y'a des lacs pleins de lumière
Des fleurs et des montagnes fières
Et de l'amour plein les ciels bleus
Fort comme celui que tu as dans les yeux
Et tu sais on m'attend là-bas
Mon copain Marc et puis mon papa
Je vais arranger le paradis
Pour quand toi tu viendras aussi
Mais toi ce sera juste dans un soupir
C'est pour nous deux que j'ai pu souffrir
Tu n'auras pas grand'chose à faire
Juste débrancher ce cathéter
Et m'embrasser et puis partir »

Chanson écrite pour Michel Delpech en 2008

Préface

La médiumnité est peut-être un don, mais ce n'est pas toujours un cadeau. Notamment dans la vie de couple. Le 26 décembre 2015, Michel Delpech, en présence de sa femme, m'a raconté le très particulier « voyage à thème » qu'elle lui avait fait effectuer, quelques années plus tôt, à l'issue d'un déjeuner. Saisie d'une inspiration soudaine, elle lui avait déclaré sur un ton de bonne surprise : « Tiens, je t'emmène faire le tour de tes ex ! » Abasourdi, Michel la vit alors diriger leur voiture vers les domiciles de plusieurs femmes qu'il avait aimées avant de la rencontrer. Ignorant leur adresse et souvent même leur existence, Geneviève Delpech se laissait « guider » jusque sous leurs fenêtres successives, tout en lui racontant des bribes de leurs idylles passées qu'un de ses « informateurs » de l'autre monde lui détaillait, à la manière d'un conférencier de musée. « Un sans-faute », m'a commenté Michel avec un sourire d'admiration douce, tandis qu'il fixait son épouse de ses yeux embués. C'était huit jours avant sa mort. Notre premier et dernier échange.

Geneviève lui avait raconté les incroyables messages qu'elle recevait pour moi, en provenance apparente d'Albert Einstein et Nikola Tesla. J'avais fait sa connaissance un mois plus tôt et, depuis, sans que je lui aie rien demandé, elle était bombardée d'apparitions, de révélations, d'équations et d'annonces de découvertes imminentes – telle la détection de ces fameuses ondes gravitationnelles modifiant l'espace-temps, dont l'annonce bouleverserait la planète, le 11 février suivant. Geneviève m'ayant transmis tous ces messages par texto, leur date prouve la réalité de ces phénomènes de précognition – qu'elle ait réellement capté la conscience de ces savants disparus, ou bien des informations non divulguées mais qui « flottaient dans l'air ». Michel, ayant la primeur de ces « scoops » reçus par sa femme, avait souhaité me rencontrer. Ce jour-là, en jogging flashy sur son lit d'hôpital, il m'a déclaré avec une nostalgie poignante : « Bientôt, je ne serai plus là pour recueillir ses flashs, pour mettre de l'ordre dans ses visions, pour la rassurer quand elle doute de leur pertinence. Je vous confie sa médiumnité, Didier. Cadrez-la. » Une des demandes les plus déroutantes qu'on m'ait jamais faites. Comment ça se « cadre », une médium ?

Dans les mois suivants, c'est plutôt elle qui m'a fourni le cadre et la matière d'un livre : *Au-delà de l'impossible*[1], le récit que j'ai tiré de notre aventure commune avec les âmes éventuelles d'Einstein et Tesla. Récit qui a provoqué, notamment chez les scientifiques, une curiosité et un engouement auxquels j'étais loin de m'attendre, dans notre monde censé être encore sous la coupe du matérialisme à outrance.

Mais je ne pouvais pas m'arrêter là. Le livre que vous tenez entre les mains, le premier de cette collection « Témoins de l'extraordinaire » que j'ai initiée avec mon confrère Pierre Lunel – ancien président

1. Plon, 2016

12

d'université et passionné comme moi par les répercussions humaines des phénomènes inexpliqués –, ce livre de Geneviève Delpech est, d'une certaine manière, ma réponse à la demande de son mari, ce 26 décembre 2015. Un cadre de vie.

Geneviève, on le découvrira dans son texte, est une personne hautement *normale*. Une femme qui aime, qui rit, qui souffre et qui se demande où elle va. Les capacités exceptionnelles qui sont les siennes, la fréquence, la précision, la variété de ses contacts médiumniques ne lui rendent pas la vie plus facile. Simplement, il y a des compensations. Comme toutes les veuves, elle appréhendait l'anniversaire du décès de son époux, le 2 janvier 2017. Elle avait songé à se cloîtrer, téléphone éteint. Et puis voilà qu'un ami toulousain (dont on découvrira ci-après les étonnants liens posthumes avec Michel), le Dr Jean-Jacques Charbonier, lui annonce que, suite à l'annulation d'un vol direct pour Cuba, il est obligé de transiter par Paris, où il passera la nuit du 2. Geneviève lui propose aussitôt de dormir chez elle avec son épouse. Le soir, ils sont invités à dîner par Laurent Baffie, grand fan de Delpech devant l'Éternel. Baffie qui m'amuse autant en public qu'il m'émeut en privé, par cette pudeur exacerbée des vrais gentils qui ne veulent pas que ça se sache. Baffie qui ne croyait en rien, jusqu'à cette nuit-là.

Soudain, dans le restaurant, les lumières s'éteignent. Un gâteau d'anniversaire est apporté à la table voisine, aux accents classiques d'un « Happy Birthday » que remplace bientôt dans les enceintes *Pour un flirt avec toi*. Geneviève est bouleversée en entendant cette chanson de son mari. Elle demande l'heure, aussitôt. On lui répond : 21 heures 20. L'heure exacte où il a quitté ce monde, un an plus tôt.

Comment qualifier un tel signe ? Fruit du hasard, convergence de coïncidences ? Ou bien cadeau spirituel d'un amoureux qui reste en veille ?

Dans une société stressée qui se raccroche à des repères « fiables », les vivants ne sont pas toujours tendres avec les médiums. Heureusement, les défunts sont là.

Didier van Cauwelaert

2 janvier 2016

Je suis seule, et mes enfants sont seuls désormais. C'est dans un couloir du troisième étage de l'hôpital de Puteaux, en région parisienne, au service des soins palliatifs, que nous nous tenons ce jour-là, isolés au milieu des médecins et des infirmiers, dans le retrait de la chambre de Michel. Ça finit comme ça, toujours comme ça. C'est par le souffle que ça commence, le premier bien sûr, et puis le dernier, par lequel commence la nouvelle vie. Avant de voir, avant de marcher, c'est par le souffle que ça commence, et sa fin entraîne l'absence. Nous sommes tous derrière le souffle, et on le retient dans la nuit noire. Avec l'arrêt du souffle, l'âme s'agite quelque part dans un coin de ciel bleu. Dans un silence trop grand pour moi, je me demande où Michel est parti.

ADC : *After Death Communication* (« Communication après la mort »).

50 % de la population a connu un ou des contacts avec un défunt. Irrationnel ? Faux. Au contraire, rien de plus rationnel quand on se situe dans un domaine où la conscience est extérieure, non localisée, au-delà du temps ou de l'espace.

Malgré mes dons de voyance depuis l'enfance, ma vie me paraissait « normale ». Je n'en relaterai donc que les événements qui me semblent avoir été une préparation à ce qui m'attendait.

Que faudrait-il pour que je t'oublie, Michel ? Que faudrait-il pour que la Terre ne tourne plus autour du Soleil ? Que faudrait-il pour que la neige soit orange ? Que faudrait-il pour que les girafes mesurent 1,30 m au garrot ? Pour qu'une maladie d'Alzheimer se transforme en performance mnémonique inégalée ? Pour qu'un président démagogue accepte de vivre la vie des gens qui souffrent tous les matins de son quinquennat ? Pour que la cruauté et la convoitise soient éradiquées de la surface du globe ? Penche-toi sur ces probabilités avec tous les experts de ton choix présents dans les étoiles, mon mari. Pendant ce temps, je continuerai à t'aimer comme jamais. Et si tout ce qui est dit plus haut est possible un jour, nous envisagerons une discussion de rupture tout au bout de l'éternité. Mais nous resterons quand même les meilleurs amis du monde disparu.

C'était avant la douleur

Nous habitions Neuilly, où nous menions une vie agréable dans un grand appartement en face du bois de Boulogne, jouxtant le jardin de Bagatelle. Michel adorait la vie à Paris. Je dis « seulement » agréable parce que nous avons vécu des moments si merveilleux dans des maisons de rêve, des demeures romantiques, envoûtantes ou hors du temps que je ne peux pas mêler cet appartement à la féerie. Mon type préféré d'habitation, c'est une maison avec un jardin et un petit atelier pour peindre. Tous les univers y sont réunis, c'est un microcosme de vie active et tendrement passive.

Michel avait beaucoup sympathisé avec Alain Madelin qui habitait au-dessus de chez nous. Nous nous recevions, nous dînions ensemble parfois. Il a été très fidèle. Il sanglotait à l'enterrement de Michel. C'est un libéral convaincu, mais mon mari ne rentrait pas dans des considérations politiques avec lui. Et puis, il est des moments, comme celui de ses larmes lors de l'inhumation de Michel, où l'on pose tout et on ne retient que l'essentiel, l'humain.

Le besoin de campagne se faisant sentir les week-ends, nous avions acheté une maison à Barbizon, en lisière de la forêt de Fontainebleau. Un corps de ferme, dans une longère. La maison avait été séparée en deux parties et nous en avions acheté une pour en faire une résidence de week-end, absolument charmante, très cosy, décorée à l'anglaise. Nous nous y retrouvions avec Christine et Antoine, deux personnages très influents dans ce qui va suivre. Autour d'un feu dans l'âtre, nous mangions des œufs à la coque, avec un morceau de fromage et un bon verre de vin. La vie ronronnait, simple et tranquille. Nous étions tous en bonne santé, du moins en apparence. Le problème avec la santé, quand on l'a, c'est qu'on ne cherche pas à la conquérir ou la reconquérir. On la tient pour acquise, une fois pour toutes. D'ailleurs, pourquoi s'en inquiéterait-on, lorsque l'on ne se nourrit pas d'hypocondrie ?

J'ai connu Christine – qui allait devenir une de mes deux meilleures amies avec Anouk Papadiamandis – par Antoine, son mari, qui s'occupait des éclairages scéniques des représentations de Michel. La vie n'est qu'un entrelacs de hasards et de circonstances qui s'agencent comme si tout avait été prévu.

Christine s'est imposée à moi comme une évidence quand je l'ai rencontrée la première fois. Nous nous étions « reconnues ». Il y a des êtres qui vous sont aussi familiers qu'un retour de saison. Ils arrivent, comme attendus, et ils n'ont plus qu'à mettre les pieds sous la table dressée de l'amitié.

Son mari Antoine était éclairagiste de Christian Lacroix, or, nous étions très amis avec la femme du couturier, Françoise Lacroix ; c'est ainsi que Michel fit la connaissance d'Antoine, et moi de Christine.

En outre, Antoine était marchand d'art, très grand et fin connaisseur. Un jour qu'il était venu nous rendre visite à Croissy, où nous habitions avant Neuilly, il avait prêté attention à l'un de mes tableaux qu'il avait trouvé intéressant. Il avait alors confié à Michel qu'il pourrait s'occuper de moi pour me faire entrer dans le monde de l'art contemporain.

Je l'ai donc invité à dîner avec sa femme. C'est ce soir-là que Christine et moi nous nous sommes, si l'on peut dire, « retrouvées d'âme à âme ». C'était comme si je la connaissais depuis toujours. Je suis tout de suite tombée en amitié pour elle, et elle pour moi. Je l'ai aimée et elle m'a aimée immédiatement en retour. Nous sommes vite devenues inséparables. On se promenait ensemble, partions en balade, tout était prétexte à se voir, à ne plus se quitter.

Non seulement nous avions envie d'un pied-à-terre à la campagne, mais j'avais aussi envie de me rapprocher d'elle. C'est donc tout naturellement que nous avions acheté le demi-corps de ferme à Barbizon, là où Christine et Antoine vivaient. Avec Christine, nous refaisions le monde, nous parlions de nos vies, nous disions du mal des hommes… On « faisait les filles », en quelque sorte. Nous étions presque dans l'insouciance et l'espièglerie.

Elle n'était pas très sociable. Elle traînait une mélancolie qui lui donnait un regard sublime. Mais elle payait cher ce charme. Elle avait un côté petite fille perdue, désemparée par la société et ses exigences.

Elle était un sculpteur très coté, réalisant des œuvres monumentales en bronze. Toujours des animaux. J'étais très admirative de son travail et de l'énergie qu'elle déployait. Pourtant, quand on la voyait, au premier abord cette énergie ne transparaissait pas. On sentait une personne éthérée, plutôt décalée. Elle parlait peu. Elle avait ce mystère et cette mélancolie qu'on décryptait dans son regard, et de magnifiques cheveux blonds. Pour ma part, j'étais l'extrême opposé, brune, tout feu tout flammes, avec un tempérament plus proche de l'Andalousie que des fjords. Mais nous nous complétions,

19

je la faisais rire, elle me regardait avec amusement et curiosité foncer dans la vie comme un petit taureau. Je sais qu'elle ne me percevait pas comme une « mondaine ». Elle connaissait mon rôle auprès de Michel et savait que, pour l'épauler dans sa grande notoriété, j'avais choisi le paraître plutôt que le disparaître. C'est d'ailleurs cette posture qui permettait aussi de surmonter ma vraie nature, puisqu'en réalité je suis plutôt timide. Mon éducation n'avait rien arrangé à cet état. Bien se tenir, c'était ne pas faire de vagues, respecter une certaine paix sociale du luxe. Dans le milieu si particulier de mon mari, j'avais opté pour l'attitude de la petite fille qui crie fort et qui chante dans le noir quand elle a peur. Je savais que j'avais tout à perdre à rester « sous le vent », docile. Michel s'affolait parfois de me voir prendre le mors, dire le fond de mes pensées ou surjouer la candeur pour me protéger, nous protéger.

Pour revenir à notre projet d'achat, cela nous avait donc paru évident avec Michel : la résidence que nous devions acheter devait se situer près de Christine. Nous avions décidé, elle et moi, de travailler en vue d'exposer nos œuvres croisées. Nous étions dans une belle émulation, tirant des plans sur la comète, nous encourageant…

Nous nous sommes donc installés à Barbizon, mais Michel ne se satisfaisait pas de cette petite maison qui n'était pas tout à fait représentative de sa position artistique. Pourtant, il disait parfois qu'il n'avait pas besoin d'un grand cadre, mais simplement de quoi regarder des matchs de foot tranquille avec des amis. Quant à moi, j'adorais cette maison. J'en avais fait un univers particulier en la décorant à la David Lynch, avec un côté à la fois surréaliste et un peu snob, j'en conviens.

C'est alors qu'un jour, Michel apprit que le reste de la ferme, la maison mitoyenne, était en vente. Ni une ni deux, il l'a achetée ! J'avais pour ma part quelques réticences. Je lui répétais souvent : « J'espère que nous n'aurons pas de cancer dans cette maison. » Je ne savais pas pourquoi je disais ça. Mais j'ai appris plus tard que des personnes nous ayant précédés dans cette maison en étaient mortes. Michel n'entendait aucune réticence. Le côté très moderne de cette bâtisse, ses baies vitrées, l'attiraient. C'est ainsi que la grande maison de Barbizon devint notre résidence principale.

Tout allait bien à cette époque, je voyais Christine presque tous les jours, chez elle ou chez nous. Mais je la trouvais de plus en plus lasse, fatiguée. Elle refusait de consulter de médecin ou de faire des analyses. Je lui rétorquais : « Si tu ne veux pas faire de prise de sang pour toi, fais-le au moins pour tes onze chats. » Elle les adorait. « Imagine, s'il t'arrivait quelque chose, que deviendraient ces petites bêtes ? » On m'objectera que ce ne sont « que » des chats et qu'il y a des priorités plus humaines pour affronter avec courage une maladie mortelle, mais je me souviens toujours de cette phrase du père Brune, mon mentor spirituel : « Chaque être vivant où il existe une parcelle d'amour a sa place dans l'au-delà auprès de Dieu. » Or, ses chats étaient remplis de parcelles d'amour. C'est ce qui l'a motivée à faire un bilan de santé.

Comme tous ceux qui ne « s'écoutent pas », elle s'est laissée convaincre par l'argument du confort, de la sécurité, de l'avenir des autres. En l'occurrence, ses chats. Elle m'a dit : « Tu as raison, demain je fais une prise de sang. » Les résultats furent sans appel : nous avons appris qu'elle était atteinte d'un cancer aux poumons. Antoine a été aussitôt prévenu et nous a fait part de la mauvaise nouvelle. J'ai dit à Michel que cela n'allait pas durer plus de deux ou trois mois. Je l'avais perçu.

Un an avant

Un an avant l'annonce de la maladie de Michel, je lui avais dit – et répété ensuite tous les jours : « Michel, tu devrais faire des examens parce qu'il se passe quelque chose dans ta bouche. »

« Je n'ai rien ! », me répondait-il invariablement.

Pourtant, il avait une confiance absolue en ma voyance. Je ne dis pas cela par orgueil, mais pour illustrer mieux encore le côté paradoxal des choses. Peut-être étais-je trop proche de lui, trop familière, pour qu'il prenne vraiment en compte mon avertissement, mon inquiétude. Mais c'est à croire qu'il devait aller jusqu'au bout de son destin. Et aussi que l'annonce de l'inéluctable ne convient pas à tout le monde. Chacun veut être maître de son destin et avoir le sentiment de contrôler le cours de son existence. Ainsi en avait décidé Michel.

La petite a le don

Une question m'est régulièrement posée : suis-je née médium, ou le suis-je devenue à la suite d'un terrible événement, d'une maladie grave ou d'une expérience extraordinaire ? Nullement ! La découverte de mon don et de ma mission quant à mon passage sur terre ne peut être associée à aucune de ces circonstances. Je me souviens d'une expérience de mes « débuts ». J'étais en vacances chez ma grand-mère, dans les Landes. Ma mère retrouvait là-bas sa meilleure amie, Yvonne. Cette femme avait à l'époque un jeune frère sur le point de se marier. J'avais alors douze ans et, en me levant ce matin-là, suite à un rêve, j'avais annoncé à la cantonade que ce garçon était mort noyé. Ma mère, un peu ébranlée, avait téléphoné à son amie qui lui avait dit que son jeune frère se portait bien. Mais l'après-midi suivant, le facteur avait annoncé à ma grand-mère que le frère d'Yvonne était bel et bien mort d'hydrocution dans une rivière, le Luy, par forte chaleur et après un repas arrosé. Son corps avait été retrouvé au pied d'un pont, dans un petit village. À l'endroit exact où je l'avais vu dans mon songe.

Six ans plus tard, toujours chez ma grand-mère, j'ai connu une autre manifestation de mon don. Elle avait une cuisinière du nom de Raymonde, et j'avais grandi en partie avec son fils. Il venait d'avoir dix-huit ans, comme dans la célèbre chanson, et avait acheté une voiture décapotable de couleur bleu ciel. Il m'emmena au cinéma à Dax et, sur le chemin du retour, après un virage très serré au-dessus du vide, j'avais été prise d'un malaise à la suite duquel je lui avais conseillé de revendre cette auto sous peine de périr dans le ravin. Il ne m'avait pas écoutée : il était tombé et était mort après deux mois de coma.

Effectivement, la petite « avait le don ».

Mais ce que je sais aujourd'hui avec le recul et l'expérience, c'est que je peux être utile, que je dois être utile aux autres, à ces parents inconsolables qui ont perdu un enfant, à ces gens qui s'interrogent sur la vacuité de leur passage sur Terre. Et je me pose souvent cette question : pourquoi est-ce à moi que ce don a été octroyé ? C'est ainsi. On ne décide pas dans ces cas-là. Le Christ disait : « Certains auront le don du travail manuel, d'autres celui de servir, d'autres encore le don de savoir parler. » Moi, j'ai le don de médiumnité, de servir d'intermédiaire entre le ciel et la terre. Cette chose merveilleuse qui m'est échue, je ne peux la garder pour moi seule.

De plus en plus nombreux sont ceux qui pensent que le corps physique de chaque être vivant n'est qu'une enveloppe, une demeure, un cocon. Lorsque la mort nous frappe, nous nous libérons de cette enveloppe charnelle pour devenir un papillon libre.

Je ne suis pas différente des autres et je pense que nous sommes tous dotés, à différents degrés, de pouvoirs psychiques. Tout comme la plupart des humains n'utilisent qu'une modeste partie des capacités de leur cerveau, chaque individu n'utilise pas la totalité de ses pouvoirs psychiques.

Le drame en filigrane

Nous recevions beaucoup à Barbizon. Toute l'équipe du film *L'air de rien*, sorti en 2012 et réalisé par Grégory Magne et Stéphane Viard, dans lequel Michel tenait le rôle principal, venait dîner à la maison. Bénabar et sa petite famille nous rendaient aussi visite régulièrement. Michel évoquait ses projets professionnels, son prochain film. Pierre Grillet, le parolier de la chanson « C'est la ouate », passait souvent lui aussi. Nous menions une vie normale, en somme. Si tant est qu'un va-et-vient régulier d'artistes célèbres chez soi corresponde à une vie normale.

Le jour de l'avant-première de son film, je m'en souviens, Michel était en pleine forme. Je devais le rejoindre à Paris, mais je me suis blessée à l'œil et je dus me rendre aux urgences. Mon amie Christine est venue m'y chercher avec Antoine. Michel, quant à lui, ne pouvait bien évidemment pas rater l'avant-première. Moi oui. Cas de force majeure.

Son film a eu un très beau succès d'estime. Un acteur avait même été nominé pour le César du meilleur second rôle.

À cette époque, je m'occupais du jardin et je peignais beaucoup dans mon atelier. Je préparais mes expositions avec Christine. Entre la maison de Croissy et celle de Barbizon, j'ai dû peindre une centaine de toiles. J'avoue qu'en raison de mon pressentiment à propos de Michel, « m'abîmer » dans la peinture m'aidait à me garder mentalement à flot.

Mais j'avais toujours cette angoisse latente quant à sa bouche.

Nous sortions aussi beaucoup, malgré les cinquante kilomètres qui nous séparaient de Paris. Et Michel, qui en outre était en tournée, était en fin de compte peu présent. En réalité, il ne m'écoutait pas parce qu'il allait bien, il était en pleine forme, sa carrière roulait, il chantait, il gagnait de l'argent, et des projets de films et d'albums arrivaient. Nous n'avions pas de soucis majeurs.

Mes « mauvais présages » antérieurs

Michel ne m'écoutait toujours pas et pourtant, je lui en avais annoncé des événements ! Coluche par exemple, qui était présent lors de l'anniversaire d'un ami. J'avais alors prédit à Michel qu'il allait se tuer à moto ; il n'y avait malheureusement pas accordé beaucoup d'intérêt. *Idem* quand je lui avais annoncé, mortifiée, que Daniel Balavoine allait périr « explosé ». « Arrête avec tes mauvais présages », m'avait-il rétorqué.

Mon fils Emmanuel a le don lui aussi, j'en suis certaine. Tandis qu'à l'époque il accompagnait son père en concert, il surenchérissait et me disait : « Écoute, maman, quand je joue derrière papa, je sens qu'il est arrivé un drame. Il doit se passer quelque chose sur lui. » Et moi j'insistais auprès de Michel : « Va consulter, il se passe quelque chose dans ta bouche. » Mais il nous envoyait promener : « Arrêtez avec ça, tout va bien. »

Paradoxe encore, comme souvent avec Michel, à l'occasion d'une interview relatée dans *Le don d'ailleurs*[1], il avait déclaré : « Avant Geneviève, avec ma notoriété, j'ai rencontré nombre de voyantes et de

1. Pygmalion, 2015.

médiums. Tous les "people" fricotent plus ou moins avec le milieu de la voyance ou de l'astrologie. Mais j'ai assisté à des phénomènes incroyables avec ma femme : tant des choses resurgies du passé que des événements futurs qui se sont réalisés ; des choses que l'on ne peut pas avoir inventées, fantasmées, ou même fortement probabilisées. C'est comme si elle avait accès à une banque de données. J'affirme, au vu de mes expériences, de ce dont j'ai été témoin, que ma femme est la meilleure voyante du monde. J'ai assez bourlingué sur le globe, assez été confronté à des éléments de comparaison pour l'affirmer haut et clair. »

Malgré ce constat, il continuait à refuser de m'écouter : « Arrête tes mauvais présages. » Présages qui en fait étaient bons, puisque destinés à le pousser à consulter pendant qu'il en était encore temps.

Michel avait déjà eu cette attitude lorsque notre fils Emmanuel était encore nourrisson. Alors qu'il était dans son berceau, j'avais « vu » une grande silhouette noire se pencher sur lui. Je pleurais, je m'étouffais dans mes larmes, je voyais mon petit mourir dans la nuit. Michel essayait de me calmer, arguant que j'étais fatiguée et que notre enfant n'avait rien. Mais j'ai insisté pour qu'il appelle notre médecin. Celui-ci n'a rien diagnostiqué. Toutefois, me voyant en proie aux affres de l'inquiétude, il m'a proposé de nous conduire à l'hôpital de Poissy pour qu'on examine mon bébé.

Arrivés au service de néonatalogie, une interne l'examina et ne trouva rien non plus d'anormal. « Il n'a même pas de fièvre », m'a-t-elle dit.

Pourtant, je n'en démordais pas. J'étais sûre que mon petit allait mourir dans la nuit.

Et je pleurais tellement que l'hôpital appela un chef de service pédiatrique de Necker. Je dois l'avouer, c'est grâce à la popularité de Michel que nous avons pu bénéficier de ce passe-droit. Encore une fois, tout semblait normal pour ce nouveau praticien. Je devenais folle, avec la conviction que mon petit Emmanuel allait succomber dans la nuit. Finalement, le voilà gardé en observation, à titre exceptionnel. Le professeur en profita pour me montrer des enfants « vraiment » malades, branchés à des appareils et perfusés de toutes parts, dans le but de me faire relativiser et jouer sans doute avec un sentiment de culpabilité. Mais malgré tout, je n'en démordais pas.

Nous sommes donc rentrés chez nous, laissant Emmanuel aux soins de l'équipe médicale. C'est alors que nous sommes appelés au milieu de la nuit : à quatre heures du matin, le ventre de mon bébé s'est mis à gonfler tandis que son taux de calcium avait chuté au plus bas. Si nous l'avions ramené avec nous, il serait mort. Il dut néanmoins passer un mois en soins intensifs sous assistance cardiaque et respiratoire. Nous n'avons jamais su ce qu'il avait eu. Quoi qu'il en soit, mon « présage » de la silhouette noire l'avait sauvé.

Épouse et mère :
médiumnité maximale

« La petite a le don. » Je l'entendais dire à l'occasion, et de plus en plus souvent. Il faut avouer que je commençais à alerter mes proches avec mon drôle de talent. Aujourd'hui encore, cette « spécialité » met bien des gens mal à l'aise. Tout ce qui peut dédiaboliser la médiumnité est bienvenu. Il ne faut pas hésiter à donner de l'espoir à l'humanité. Notre mission, dirais-je, est de leur montrer qu'il ne faut pas avoir peur de la mort, puisque subsiste la conscience, pour ne pas dire l'âme.

Il est très louable et très positif que la science s'en mêle, que la physique quantique commence à nous donner des solutions, à concrétiser ce qui apparaissait hier comme une chimère. Nous devons donner de l'espoir « sonnant et trébuchant ».

La caution du docteur Jean-Jacques Charbonier, entre autres, dont je parlerai plus loin, est un avantage magistral et une aide précieuse. Beaucoup d'individus doués, grands humanistes, œuvrent dans l'ombre pour nous démontrer l'utilité de la vie présente et qu'elle ne cesse pas sur Terre. En effet, l'enseignement qu'il est indispensable d'en tirer est bien la continuité de notre existence. La vie ne cesse jamais.

Quant à mon don incroyable, qui me désarçonne toujours, il ne s'est vraiment révélé que lorsque je suis devenue mère, puis s'est intensifié lorsque j'ai rencontré mon époux. À partir de la naissance de mes enfants et de mon union avec Michel, tout s'est accéléré, comme on le verra. Coluche, Pauline Lafont, Daniel Balavoine, l'apparition de la Vierge à Choubra, etc., il n'y avait aucun hasard dans ma rencontre avec mon mari, puisque tout ce qui m'a été donné à ses côtés m'a construite et ouverte aux autres.

Notre rencontre… Après une brève entrevue chez lui avec une amie qui me l'avait présenté, j'étais rentrée chez moi, m'étais mise au lit et j'avais lu un peu avant d'éteindre la lumière pour m'endormir. C'est alors que, dans l'obscurité de ma chambre, j'avais vu un couple en gravitation au pied de mon lit. Lui, maquillé, androgyne, et elle blonde avec une queue de cheval et un corps d'anorexique. Je les voyais en trois dimensions, penchés tous les deux sur Michel, allongé. Ils égorgeaient une volaille sur fond de chants polynésiens tandis que le sang se répandait sur Michel.

Le lendemain, encore sous le choc, j'ai raconté mes visions au « majordome » de Michel qui m'annonce que le célèbre chanteur se préparait à partir pour la Polynésie. Apprenant ma vision, « Monsieur » Delpech a expressément voulu s'entretenir avec moi. Il m'a annoncé qu'il était sur le point de partir rejoindre deux amis à Tahiti, et m'a montré des photos d'eux. Je reconnus aussitôt le couple de ma vision de la nuit.

Impressionné par ma voyance, il a refusé de partir. En effet, il avait compris qu'il risquait quelque chose, qu'il était en danger de mort s'il se rendait là-bas. Notre relation commençait sous des auspices pour le moins étranges. Et troublants.

Mes visions… Un soir d'août, voici pas mal d'années, alors que nous nous trouvions chez Jean-Michel Rivat, le coparolier de Michel pour ses plus grands succès comme « Les divorcés », « Le Loir-et-Cher », ou encore « Quand j'étais chanteur », et que nous avions terminé de dîner, Jean-Michel nous a proposé d'aller voir l'installation de son studio d'enregistrement dans la maison mitoyenne qu'il venait d'acquérir. Nous sommes descendus au sous-sol où se trouvait la fameuse pièce. Jean-Michel – également auteur, cocompositeur et producteur de la célèbre chanson « Voyage voyage » interprétée par Desireless – mit la bande d'une production qu'il voulait nous faire écouter sur le magnéto. Mais avant que le morceau commence, je lui demandai où étaient les toilettes, afin de pouvoir écouter plus « confortablement ». Il m'indiqua le fond du couloir, sur ma droite. Mais mon attention fut attirée par une autre pièce au bout du corridor, dont la porte était ouverte. J'aperçus distinctement dans la pénombre des cartons empilés les uns sur les autres. Et assise dessus, une jeune femme brune, en robe à col rond, les cheveux au carré, enserrant ses jambes de ses bras, les genoux sous le menton. Elle me regardait, comme terrorisée. Je criai.

En retournant au studio, je décrivis ma vision à Jean-Michel Rivat qui, dans un premier temps, ne comprit pas. Mais quand je lui décrivis précisément la fille, il pâlit.

En fait, il fallait savoir qu'il produisait à l'époque un jeune garçon, dont le nom d'artiste était Philippe Entre2mers, et qu'après l'enregistrement de son album, au début du mois d'août, son amie et lui avaient eu un très grave accident de voiture, dans lequel la jeune femme avait été décapitée. Après ses obsèques, le jeune homme avait demandé à Jean-Michel d'entreposer ses affaires – ce qui expliquait la présence des cartons – parce qu'il lui était trop douloureux de les conserver.

Je n'avais jamais entendu parler de la jeune fille. Je ne savais pas non plus qu'elle était morte. Et pourtant j'ai décrit avec exactitude à Jean-Michel la robe qu'elle portait au moment de l'accident.

La pauvre ne savait pas qu'elle était morte et s'attardait là, autour de ses affaires qui résumaient sa vie.

Barbizon et la mauvaise nouvelle

C'est donc à Barbizon que nous avons appris la maladie de Michel. Un jour, début février 2013, de retour d'un week-end où il avait chanté, Michel me dit : « Regarde, j'ai un drôle de truc dans le cou. » Je vois une sorte de ganglion, de la taille d'une demi-pomme. C'est à partir de ce moment-là qu'il se décida à aller chez un médecin. Nous avons appelé le généraliste de Barbizon, qui paniqua, et l'envoya aussitôt chez un oto-rhino de Fontainebleau. Michel me rapporta que ce médecin avait d'abord posé ses doigts sur son cou, puis sur sa langue, avant de les retirer vivement. Son diagnostic fut brutal : « Monsieur, vous ne rechanterez jamais. Vous avez un cancer. »

Je me souviens du retour de Michel à la maison. Il avait son duffle-coat beige, des revues sous son bras gauche. J'étais dans mon atelier en train de peindre, il se planta devant moi et me dit : « J'ai un cancer de la langue. » Je pleurais à en suffoquer, et je dis à notre femme de ménage : « Rhama, c'est très grave, dans trois ans Michel ne sera plus là. » Elle me réprimanda : « Vous n'avez pas le droit de penser comme ça, on va le soigner, on a les moyens aujourd'hui. » « Vous verrez… », ai-je répondu, sûre de moi.

Nous nous sommes ensuite rendus à l'hôpital Georges Pompidou, à Paris, où nous tombâmes sur un autre spécialiste, tout aussi odieux que celui de Fontainebleau. Michel, comme un petit garçon, lui a demandé s'il rechanterait un jour. Car ce n'était pas tant la mort que cette impossibilité qui l'affectait. Le professeur de Pompidou attendit une vingtaine de secondes avant de lui répondre. Puis il leva lentement la tête et regarda Michel – j'étais à ses côtés – et il dit : « Monsieur, je vais vous faire très mal. Je vais commencer par vous mettre un tuyau dans l'estomac, vous n'allez plus manger… alors, chanter… ! »

Je me levai aussitôt et dis à Michel : « On part. Je ne veux pas que cet homme te soigne. »

Toutefois, tous n'ont pas eu ce type de propos brutal et sec. Je souhaiterais rendre hommage à deux médecins généralistes qui ont été formidables avec Michel.

Tout d'abord, Louis-Philippe Mesureur, praticien à Croissy. Plus que notre médecin généraliste, il devint un ami intime. Il fut très réactif, très proche. Ensuite, Pierre-Loup Schwob, à Barbizon, qui fait encore partie de ce que nous pouvons appeler l'« aristocratie de la médecine », à l'image de ces médecins de campagne, toujours disponibles, qui suivent leurs malades en prenant du temps sur leur propre vie, familiale, personnelle…

Ces deux-là exerçaient un véritable sacerdoce. Ils ont été extraordinaires, gentils, prévenants, rassurants.

Infléchir la fatalité

J'ai appelé Claude Morgan, un compositeur très proche de Michel, et très ami avec le professeur Maylin, dont la femme s'occupe d'une association en Afrique pour des enfants orphelins. Michel parrainait cette association avec Catherine Deneuve. Je me suis en effet souvenue que Claude avait loué le professeur Maylin, qui excellait dans le traitement du cancer de la langue. Nous le fîmes appeler par Claude : il nous recontacta aussitôt, bien qu'il fût en déplacement en Afrique. À peine était-il rentré qu'il vit Michel. Cette fois-ci, nous nous adressions au Bon Dieu. Quant à moi, je n'avais pas beaucoup d'illusions. Je savais.

Dans son cabinet, l'attente nous couvrit comme une chape de plomb. « Passez à côté, Michel. Je vais vous ausculter. » Puis il ressortit et retrouva son ton cordial : « Bon, ce que vous avez est grave. Ce sera long, douloureux, mais vous allez guérir et vous rechanterez ! »

Je l'aurais embrassé. Et espérais qu'un tel accent de sincérité tromperait Michel. Ce fut le cas.

Il a constaté que c'était un cancer de stade 4, c'est-à-dire le dernier de la maladie. Il a dit à Michel : « C'est trop bête. Si vous étiez venu me consulter un an plus tôt, c'était anodin. Une formalité. Je vous enlevais le petit bouton, ce n'était rien du tout. »

Un chauffeur nous attendait. Durant le trajet du retour, nous n'avons presque pas échangé un mot. Je lui tenais la main. Et je pensais à ce que le professeur avait dit : « Si vous étiez venu me consulter un an plus tôt… »

C'était l'époque où j'avais annoncé à Michel qu'il se passait quelque chose dans sa bouche. J'aurais donc pu infléchir la fatalité avec ma voyance.

J'y étais déjà parvenue quelques fois pourtant, comme le jour où, il y a plusieurs années, Michel devait se produire à Toulon. Des amis à lui nous avaient invités chez eux pour nous épargner l'hôtel. Je n'avais jamais vu ces gens. Le lendemain de notre arrivée, ils proposèrent à Michel de l'emmener à son concert en voiture, une grosse BMW. J'étais assise à l'arrière aux côtés de Michel. À un moment donné j'ai fixé la nuque de son ami qui conduisait. Et j'ai chuchoté à mon mari : « Ton ami a un jeune frère grand et mince… brun… Je vois un paysage montagneux où il pleut… Il est à l'intérieur d'une maison et il y a une moto dehors, moteur en marche avec quelqu'un dessus… Le frère de ton ami va monter dessus à son tour. Sa mère lui a interdit de piloter la moto parce qu'il n'a pas son permis et pourtant, c'est ce qu'il va faire un peu plus loin. Je le vois dépasser une voiture sur une route très sinueuse alors qu'une autre voiture arrive en face. Avec cette pluie je vois un accident et un hélicoptère va intervenir… »

Michel se renseigna auprès de son ami qui conduisait. Il confirma tout ce que j'avais dit à Michel et il appela sa mère à la station-service suivante depuis une cabine téléphonique. C'était il y a longtemps, les téléphones portables n'existaient pas encore. Son jeune frère n'était pas encore parti. Le téléphone sonna au moment où il allait enfourcher la moto. Sa vie fut sauvée, peut-être.

Parfois, une voyance peut changer le cours inéluctable des choses. Si Michel m'avait écoutée…

Il faut dire que l'inéluctable ne fait pas l'unanimité. Beaucoup veulent contrôler leur destinée. Dieu a d'ailleurs laissé leur libre arbitre aux hommes. Ainsi Pierre Monier, un jeune homme mort en 1915 pendant la Grande Guerre, avait envoyé ce message post-mortem édifiant par écriture automatique à sa mère :

« Serions-nous encore capables d'agir si nous savions ce qu'il adviendra de nous et de nos frères ? [...] Toute chance de relèvement, de progrès, disparaîtrait dans un fatalisme négatoire et dissolvant : le découragement annihilerait l'effort de celui qui croirait la lutte inutile, et un optimisme plein de nonchalance conduirait à sa perte l'homme qui se sentirait sûr d'un amendement tardif et d'une victoire finale ! Dieu lui seul choisit le moyen de l'avertissement prémonitoire : rêves, visions, ou même communications directes par des procédés divers. »[1]

1. Pierre Monier, *Lettre de Pierre*, tome II, Fernand Lanore, 1990.

L'accord du professeur Maylin

Confier le suivi de mon mari au professeur Maylin n'était pourtant pas gagné. C'est tout à son honneur, mais il fut plutôt réticent au début : « Vous comprenez, ce professeur de Pompidou, question de déontologie, c'est mon ancien élève, c'est lui qui a le dossier de Michel, je ne peux pas lui enlever un patient aussi cavalièrement… », nous a-t-il dit.

« Professeur, ai-je répondu, faut-il que je me mette à genoux ? Je veux que ce soit vous qui soigniez mon mari. »

Il savait que Michel était perdu, mais il le soigna tellement bien. Il le mit dans un cocon, le couvrit d'attentions.

Le professeur m'avoua peu après qu'il n'avait pas cru à une guérison lorsqu'il avait observé l'état de sa bouche. Et si Michel m'avait écoutée… Forte de cette première fois où j'avais vu son père et où je lui avais dit : « Ton père partira de quelque chose au côté droit de la tête. » Vingt ans après, il mourait d'une tumeur au cerveau droit.

Retour sur ma famille

J'ai été totalement formatée par mes études et mon éducation. Du côté de ma famille paternelle, le milieu était très bourgeois et catholique. Nous étions servis à table par une femme de maison. J'évoluais dans une certaine qualité de vie, sans éléments de comparaison car je n'avais jamais vécu dans un univers plus modeste. J'ai été élevée par une grand-mère, portrait craché d'Ava Gardner, médium elle aussi, férue de tarots et de spiritisme. Elle collectionnait les amants, surtout parmi les toréadors. Ma marraine était l'écrivain surréaliste Lise Deharme, une femme libre et belle. Femme libre « donc » belle, suis-je tentée d'écrire. Ma mère épousa un homme de très bonne famille, artiste peintre un peu fou qui est parti vivre en Indochine sur une lubie pour les Asiatiques. Voilà le type de familles au sein desquelles je fus ballottée.

J'ai été élève des Beaux-Arts, mais j'ai aussi suivi des études de psychologie et de graphologie. Je me suis également intéressée aux langues étrangères, mais c'est l'âme humaine qui m'a toujours passionnée. Et pour cause. Avec les spécimens qui m'avaient mis le pied à l'étrier...

Et j'ai enfin « assumé » mon don

J'ai été, et je suis toujours, la femme d'un chanteur célèbre. J'ai vécu de longues années dans l'ombre d'une star sans aucune velléité de ma part de devenir moi-même célèbre, de quelque façon que ce soit. Et je ne me suis jamais sentie « femme de » non plus. Je ne me suis jamais perçue de l'étoffe des héroïnes pleines d'abnégation des livres de Françoise Xénakis, où elle évoque la vie de femmes de grands savants, artistes, musiciens. Ces femmes qui se sont consacrées à leur homme se sont fondues dans leur vie, au service de leur art. Cela n'a jamais été mon intention. Ni mon profil.

Vous pouvez vous demander alors comment et pourquoi j'en suis arrivée à me livrer dans des ouvrages, à raconter ce que nous avons vécu, témoigner du combat contre la maladie. Aujourd'hui, devant cette page, j'affirme que c'est ma rencontre avec le père Brune qui a tout bouleversé. Je souhaitais le rencontrer depuis longtemps. Un parolier et ami de Michel et de moi-même se mit à l'évoquer incidemment à Michel lorsqu'il était à l'hôpital, il était voisin du père Brune et en parlait comme faisant partie intégrante de la vie de son quartier.

« Tu es voisin du père Brune ? », s'est exclamé Michel. « Oui, d'ailleurs nous nous voyons toutes les semaines », a dit le parolier.

Michel m'en a aussitôt fait part. J'étais complètement bouleversée et impatiente de faire sa connaissance. Un rendez-vous fut organisé dans un bar du quinzième arrondissement de Paris. L'homme dégageait une bonté infinie, disant les choses « à plat ». Il m'a écoutée, plein d'attention et de recueillement. Il m'a dit : « Écrivez ce que vous venez de me raconter. Vous le devez. À vous et aux autres. »

Ça m'a paru d'une telle évidence ! Il était nécessaire désormais que tout ce que j'avais jusqu'alors gardé en moi-même sorte, que tout soit mis au grand jour. En fait, le père Brune m'a permis de faire mon « coming out », si je puis dire.

De l'influence des esprits

Les esprits sont une réalité. Intelligible, intelligente. Je vis en acceptant leur existence, que nos intentions sont justes, et qu'ils sont là pour nous guider, nous aider à mieux servir l'univers. La vie après la mort : est-ce de la croyance, de la magie, de la science ? Présente depuis la nuit des temps, l'existence de ces esprits nous est confirmée aujourd'hui par des travaux scientifiques, et est compatible avec la vision quantique de l'univers !

Le matérialisme avait façonné les mentalités en se targuant de modernité. Tout semblait bien établi, il n'y avait pas à y revenir. Au début du XXe siècle, une toute nouvelle approche scientifique s'est penchée sur l'infiniment petit, c'est ce que l'on a appelé la physique quantique. Les certitudes de la physique classique se retrouvaient détrônées. Cette approche révolutionnaire à l'époque remettait en cause la représentation du monde établie et constituait une véritable main tendue de la science à la religion. Avec la physique quantique, on ne pouvait raisonner qu'en termes de probabilités, ce qui remettait en cause le déterminisme de la science traditionnelle qui prétendait être capable de tout contrôler, de tout prévoir un jour. Ainsi une particule, contrairement au monde macroscopique, pouvait être à plusieurs endroits à la fois, elle pouvait avoir cette faculté d'ubiquité. Ce qui ouvrait du même coup un champ d'investigation incroyable et qui donnera lieu par la suite aux hypothèses liées à des mondes parallèles évoluant dans des espaces-temps différents du nôtre.

La mort n'est-elle qu'un passage ? Qu'une porte ? Qu'une clé ? Un nouvel état de conscience pour celui ou celle qui a quitté son enveloppe corporelle ?

J'ai eu tant de messages, tant de preuves de survie de la conscience, tant de présences à mes côtés… Mais toutes ces réponses n'ont jamais épuisé les questions.

Marie-France, grande médium

Marie-France est une très grande médium, qui vit à Nice. C'est une ancienne infirmière, généreuse, altruiste, pleine de compassion pour les autres. J'ai fait sa connaissance par notre ami commun, Didier van Cauwelaert. Depuis, je l'ai régulièrement au téléphone, elle me donne des détails sur Michel que personne ne peut connaître, sur ses parents, sur ses grands-parents, j'y reviendrai.

Un jour, après la mort de Michel, elle annonça à Didier : « J'ai un message de Michel Delpech pour sa femme. » Apprenant cette nouvelle, j'appelai donc Marie-France qui me déclara : « Michel me dit de vous dire qu'il faut que vous alliez un soir de pleine lune regarder l'étang... » Il est important de préciser qu'elle ne sait pas où j'habite, qu'elle ne connaît pas la configuration de ma maison ni ce qui l'entoure. Toujours est-il que je réside à proximité d'un étang. « Allée de l'étang » précisément.

« Michel vous fera signe, poursuivit-elle avec son accent du Midi. Quelque chose sur cet étang vous l'évoquera. »

Je me suis donc rendue sur les lieux indiqués quelques jours plus tard, un soir de pleine lune, mais il ne s'est rien passé. J'ai rappelé Marie-France pour l'en informer.

« Ne soyez pas impatiente, m'a-t-elle dit. Ça viendra. »

Effectivement, à la pleine lune suivante, je suis retournée au bord de l'étang. Et je me souviens que Marie-France m'avait précisé que ce serait dans le reflet de la lune sur la surface de l'eau que je verrai le signe de Michel et que je comprendrai. Cette nuit-là, le ciel était clair et sans nuages, la lune se reflétait parfaitement sur l'onde. Que vois-je dans ses rayons ? Des oies sauvages qui aussitôt prennent leur envol ! Exactement comme dans la célèbre chanson de Michel.

J'ai à nouveau contacté Marie-France, trois mois presque jour pour jour après la mort de Michel. Voici les SMS qu'elle m'a envoyés :

« Michel me dit : continuez. Mais je ne sais pas à qui il le dit... À vous, aux enfants, à nous tous... Il me montre le printemps qui arrive. Dans les bois, les étangs. Il aimait regarder le vol des canards avec son grand-père. Tu vois ce calme que j'avais à ces moments... car autrement j'étais toujours actif... Cette paix de l'aube et du soir... je l'ai avec toi et en toi. Voilà petite Nine[1]. »

« Quelques notes de piano. Il chantonne. Il est vraiment palpable... Et vous entoure comme par surprise... Bises, Marie-France »

« Oui, car il est ici et ailleurs. Donc il fait le goéland qui vole. Ma petite Nine. »

Puis, au début du printemps suivant le décès de Michel, Marie-France, devenue mon amie, m'a envoyé ceci :

« Michel est tellement dans une douceur... Ce n'est pas seulement vos chagrins identiques de cette

1. Tous mes proches m'appellent Nine, qui veut dire « petite fille » en provençal.

séparation terrestre… C'est vous qui attendez comme vous le faites avec les autres. MAIS IL N'EST PAS LES AUTRES. Et c'est dans votre manière de travailler qu'il est présent. Il côtoie tant de gens, d'univers si différents de sa vie ici. Et il vous le transmet de cette façon. C'est ce que je comprends. Il se promène chez vous. Et me montre une veste de laine qu'il aimait. Il dit : "Elle va prendre froid, le temps est très frais." »

Un autre message téléphonique de Marie-France me disait :

« Il vous dit : "Moi aussi je souffre, mais surtout de voir ta souffrance. Mais c'est l'équivalent d'une note de musique le temps où je suis parti…" On a besoin de vous, dit-il, et tout est si court. Et même dans ses bilocations vous êtes avec lui. »

Tandis qu'un autre encore abordait Jésus :

« Il me parle beaucoup de JÉSUS. Il essaie de monter par le programme prévu.

En emmenant avec lui tant d'âmes restées à mi-chemin. Je travaille ! Merci aux enfants. Comme si vous savez que vous allez comprendre son langage… Oui mais différent. Ce sera un chant… une phrase… Sur une photo. Des lumières. Il est super lumineux. Pourquoi me parle-t-il de sa communion ? Comme s'il ne l'avait pas faite. Jeune. Je ne sais pas ce qui s'est passé… Il a communié depuis. Dans une foi totale. Nine, remercions-le ce soir. Car il est GRAND. »

Le temps de mon grand amour

Alors commença le temps de mon grand amour pour Michel, quand le cœur s'agrandit jusqu'à contenir tout l'univers. Durant les mois qui suivirent l'annonce de sa maladie, c'est ce que j'ai ressenti pour lui. Ce sentiment fut si fort que cette période reste à la fois la plus atroce et la plus lumineuse. Toute idée du Bien et du Mal s'était effacée, ainsi que toute notion du provisoire et de l'éternel, de la joie et de la douleur. Les jours ont pour moi un goût de miel et de fiel si intensément mélangés que je ne sais plus aujourd'hui lequel l'emporte. La mort proche de Michel m'a liée à lui d'une façon tragiquement intense. Elle a exacerbé ma sensibilité.

Le temps suivit un autre cours. Deux, trois mois me paraissaient éternels. Rien n'était comme avant, tout avait un sens nouveau.

Mon amie Christine s'en va…

Face à mon insistance, le professeur Maylin a accepté
de soigner Michel. Il l'a pris à l'hôpital Saint-Louis.
Tandis qu'un mois et demi plus tard, un nouveau malheur nous accablait. Christine mourait.

À l'époque, j'en ai beaucoup voulu à son mari,
Antoine. Il ne laissait absolument personne approcher
sa femme. Je l'ai supplié pour qu'il m'autorise à lui
rendre visite au moins une fois. Mais elle-même allait
dans le sens de son mari et ne voulait voir personne.
Elle, d'ordinaire très belle femme, était diminuée phy-
siquement. Elle n'avait aucune envie d'afficher cette
maladie terrible qui vous transforme en déchéance
incarnée. Je la comprenais. Mais je ne l'acceptais pas.
Je voulais l'embrasser, lui parler. Dans ces élans irré-
pressibles, on a du mal à se mettre à la place de l'autre.
On ne pense égoïstement qu'à épancher sa peine, son
altruisme, son amour. On ne voit pas que l'autre veut
sauver les apparences, se retirer en lui-même, nous
épargner sa déchéance. Chacun a ses bonnes raisons.

Alors, on s'écrivait tous les jours par SMS. Bien
sûr, je lui envoyais des messages un peu attendus tels :
« Je t'aime », « Tiens bon », « Courage ». Mais c'était
mon seul recours pour gérer mon impuissance et ne pas
hurler, confrontée à l'inutile. Un jour, elle m'a écrit :

« Tu sais, quand je suis à l'hôpital, je suis comme dans une prison. Ne m'en veux pas, je suis mal, je ne veux voir personne. » C'est le dernier message que j'ai reçu d'elle. Son état n'a fait qu'empirer. Elle n'avait même plus la force de saisir son téléphone.

La souffrance élit domicile

En ce qui concerne Michel, le calvaire a commencé avec les traitements. Terrible relais. Une lourde médication lui avait été prescrite puisque son mal n'était pas opérable.

Le printemps arrivait à Barbizon. Déjà. Nous avions passé Noël et le jour de l'An tous ensemble, en famille. Christine était à nos côtés également. Toute insouciance était déjà enfuie. Nous nous rapprochions l'un de l'autre.

Michel commençait à subir des chimiothérapies quotidiennement, tandis que la souffrance était venue avec l'apparition de son ganglion. Pourtant, je lui avais dit de consulter avant même l'apparition de cette grosseur. Quand j'ai découvert ce ganglion, alors je me suis vraiment alarmée. Il augurait quelque chose de terrible.

Michel était surtout très fatigué. Il pouvait déglutir, mais il était gêné, comme si une dent lui faisait mal. De plus, il ressentait comme une petite piqûre dans l'oreille. Sa maladie se manifestait par des petits détails de ce genre. Mais je ne le savais pas, il ne m'en a parlé qu'une fois le diagnostic établi. Il devait certainement redouter la vérité mortelle. Dans ces cas-là, se voiler la face est un dernier refuge où il fait encore bon vivre et espérer.

On dit que les loups hurlent en traversant un terri-
toire pour prévenir d'autres loups présents de leur passage et éviter l'affrontement s'ils se retrouvaient nez à
nez. Je fais le parallèle avec Michel : il ne hurlait pas,
mais évitait l'affrontement avec la maladie.

La vie à la maison a alors radicalement changé.
À partir du moment où nous avons appris la maladie
de Michel, tout est allé très vite. Le jour même, il a
d'abord stoppé sa tournée, à la demande des médecins.
Lui ne voulait pas. Il désirait continuer de chanter. Il
faut dire qu'il n'a jamais vraiment pris conscience de
la gravité de son état. Il savait qu'il engageait un combat contre la maladie, mais il n'envisageait pas une
seconde de perdre.

Il a subi une autre biopsie dans les heures qui ont
suivi cette décision. La première réalisée à l'hôpital
Pompidou avait établi un stade 4. Le plus élevé, donc.

Les très proches sont revenus nous voir, Didier
Barbelivien, Bénabar et le professeur Maylin. Tout le
monde se voulait rassurant. Je savais pour ma part que
tout cela durerait trois ans tout au plus. Mais malgré
tout, nous n'avions pas le droit de ne pas espérer.

Et si je me trompais ?

Malgré mes dons de voyance et mes flashs, je m'interrogeais : « Et si je me trompais ? »

Pour répondre, j'ai récapitulé mes voyances en m'appliquant un drôle de raisonnement : je suis allée chercher tous les événements où ma voyance s'était révélée juste pour pouvoir me dire : ça y est, je ne suis qu'un être humain avec ses erreurs et ses faiblesses et mes visions implacables qui se sont vérifiées s'arrêtent ici, avec Michel, mon erreur est arrivée avec sa maladie. Là, je me trompe. Et je me suis souvenue ce qui m'était arrivé sur le boulevard périphérique parisien vingt ans auparavant. Une voix m'avait annoncé ce qui allait arriver dans les vingt années à venir, une voix douce, que je percevais du côté gauche : l'implosion de l'URSS, l'insurrection des banlieues en 2005, la guerre en ex-Yougoslavie, le 11 septembre…

Je me souviens m'être vite garée pour tout noter.

Puis j'ai repensé aux tsunamis, aux tremblements de terre que j'avais pressentis quelques jours avant qu'ils se produisent ou même pendant la nuit d'avant le drame. J'ai repensé à ma voyance concernant l'actrice Pauline Lafont, que j'avais vue au fond d'un ravin, à gauche en sortant d'une grande demeure juchée sur une colline, alors même que je n'y avais jamais mis les pieds. J'ai repensé à Michel Berger dont j'avais rêvé la mort quelques heures avant qu'elle survienne. Il jouait un air infiniment triste sur un grand piano laqué blanc, puis s'était arrêté et m'avait parlé en langue des signes. Je suis allée rechercher aussi des événements plus mineurs, tels l'accident de voiture de Michel avec sa BMW, survenu quinze jours après ma prédiction, ou les arrivées de courses hippiques que j'avais indiquées avec exactitude à mon ami parolier turfiste : nom du cheval, son chiffre, la couleur des casques des jockeys... Tous ces événements confirmaient ma voyance, mais je sentais que je faisais désormais erreur avec Michel, qu'il s'agissait là d'un point de rupture. Je doutais. À cause des probabilités, de l'affect ou d'autres raisons encore, je pensais me tromper. Mon mari va s'en sortir. Voilà comment j'ai raisonné.

Faire quelque chose, malgré tout

Pour rester pragmatique, je me suis mise à me documenter sur le cancer – en particulier sur celui de la langue –, à faire des recherches sur Internet. Comment aider un malade du cancer, comment le nourrir à bon escient pour qu'il résiste au mieux aux traitements ? Ce genre de système D me donnait l'impression de participer concrètement au traitement.

Les journées de Michel étaient rythmées par l'hôpital, les IRM, les scanners, la chimio, les rayons…

Notre vie est devenue un branle-bas de combat terrible. Nous sommes passés d'une situation privilégiée, dans un endroit où l'on pensait que rien ne pouvait nous arriver, surtout pas la mort de l'un d'entre nous – entourés d'amis, aidés par du personnel, protégés comme dans une ambassade – à l'effondrement total. Ça fuyait de toutes parts.

Je rendais visite chaque jour à Michel à l'hôpital. Au début, il me l'avoua, il n'avait pas réellement souffert des contraintes du traitement. La chimiothérapie ne lui infligeait pas d'effets secondaires ; il n'était pas malade, ne vomissait pas, ne perdait pas ses cheveux. Je ne comprenais pas bien pourquoi… Un beau jour, on lui a dit : « Voilà, vous êtes en rémission, il n'y a plus rien. »

Nous avons donc mis la maison en vente, et nous avons profité de ce répit pour revenir à Neuilly.

Plus dure fut la rechute, la nouvelle cure de chimiothérapie autrement plus violente. Pour tenir et accompagner au mieux Michel, je me suis autorisée pendant ces trois ans à aller me reposer quelques jours à Cannes, poussée par mon fils Pierre qui me mit presque de force dans l'avion.

Mon Pierre et Choubra

Mon Pierre. Mon fils. Il m'est revenu à l'esprit cet épisode à Lourdes, quand il avait quatre ans. J'étais assise devant la grotte et je le croyais avec sa grand-mère alors qu'il était en train de basculer dans le gave, la rivière qui traverse la ville. J'ai entendu une voix douce de femme dans mon oreille gauche : « Sauve ton fils. »

Je l'ai rattrapé par les pieds. Il s'en est fallu de peu.

Marie l'a sauvé deux fois. Une fois à Lourdes et quelques années plus tard dans le quartier de Choubra, au Caire.

Nous nous étions retrouvés en Égypte par une somme de hasards. Les parents de Michel n'ayant jamais pris l'avion, je lui avais proposé de leur offrir un voyage au Sénégal. Nous avions tout organisé, mais au dernier moment, pour des raisons professionnelles, nous avons été contraints de repousser ce voyage. Impossible malheureusement de repartir au Sénégal, tous les hôtels étant complets aux dates qui nous auraient convenu. Or, nous venions de nous convertir à la religion copte, « cooptés » – c'est le cas de le dire – par Monseigneur Athanassios, évêque des coptes d'Europe que nous connaissions bien. Nous avons donc opté pour l'Égypte, où il y a une grande communauté de fidèles coptes. Arrivés au Caire, je tombe sur un article de journal affirmant que la Vierge était une nouvelle fois apparue la veille au-dessus de l'église du quartier de Choubra. Il faut savoir qu'elle apparaissait une fois par an environ, présageant chaque fois un massacre ou un événement terrible. Quelque chose me poussait à y aller. J'ai trouvé un guide qui a accepté de nous emmener dans ce quartier défavorisé. L'église était étrange. Elle formait un cercle et était surmontée d'un dôme. Une foule immense nous empêchait d'y pénétrer. Nous avons attendu à l'extérieur, rien ne se passait, lorsque soudain une fumée bleutée est descendue tout autour du cône et une forme blanche s'est dessinée. Une pulsion m'a attirée vers cette forme, mais il était impossible de passer par-dessus tous ces gens, couchés pour la plupart. Puis j'ai senti que l'on me soulevait. Un homme m'a portée, m'emmenant sous le dôme en se frayant un passage, et il m'a dit en anglais : « Regarde, et va dire dans ton pays ce que tu as vu ! »

Un Christ immense m'a sauté aux yeux sur fond de bas reliefs. La foule criait derrière moi. Et j'ai prié. J'ai demandé que mon petit Pierre soit guéri de son souffle au cœur, une malformation de naissance.

De retour à Paris, il était guéri et put même pratiquer des sports tels que le rugby.

Deux fois et mille fois merci, Vierge Marie.

Patrick, Charb,
et la maladie de Michel

À la fin de son « premier » cancer, Michel a séjourné à la clinique psychiatrique Montsouris durant près de trois mois où on lui a administré des psychotropes en raison d'une très forte dépression. Pour le dire triviale- ment, il avait « pété les plombs ». Le fait est qu'il avait très bien résisté au traitement, nous avons eu l'impres- sion qu'il avait survolé ces épreuves avec une certaine désinvolture qui frisait l'inconscience. Il n'en était rien. Un peu comme ces syndromes post-traumatiques dus à la guerre, où l'on croit avoir surmonté ses peurs, mais qui laissent tout le mental à vif, sans cohésion de l'entendement.

J'avais pris garde à bien nourrir Michel. À telle enseigne qu'entre l'annonce du cancer et son premier traitement, il avait pris sept kilos.

Les médecins m'avaient incitée à lui faire prendre des forces. Notre ami Patrick Pelloux, l'urgentiste et chroniqueur de *Charlie Hebdo*, m'avait donné le même conseil.

Quand j'avais appelé Patrick pour lui apprendre la maladie de Michel, il m'avait d'ailleurs répondu : « Je l'amène tout de suite à Pompidou. » Ce qu'il avait fait avec son équipe du Smur. Ça, bien sûr, c'était avant de rencontrer le professeur Maylin.

C'est d'ailleurs Patrick qui m'a appris que mon amie Christine avait un cancer généralisé. Je l'entends me dire : « Il va te falloir être très forte parce que tu vas perdre deux personnes qui te sont chères au plus haut point. »

Je ne peux pas non plus parler de Patrick sans évoquer Charb. J'étais très proche de lui, nous avions déjà dîné en tête à tête ou tous les trois. Ils étaient inséparables.

Nous avions passé le soir du Nouvel An 2015 ensemble, lors d'une soirée organisée chez Bénabar pour la Saint-Sylvestre où il était présent avec sa femme, Jeannette Bougrab. Pas une seule fois il n'a fait de l'humour. Il m'a parlé très sérieusement de sa petite filleule aux yeux clairs qu'il adorait, de ses soucis avec la vente de son appartement, des problèmes graves qu'il rencontrait au journal, il ne savait pas comment il allait boucler chaque nouveau numéro. Il m'a parlé de la fatwa qui le menaçait. Pour la première fois depuis que je le connaissais, j'ai trouvé Charb très grave, très défaitiste, il m'a confié qu'il avait pensé mettre fin à ses jours. Je ne l'ai pas reconnu.

C'était sept jours avant sa mort lors de l'attentat terroriste contre la rédaction de *Charlie Hebdo*. Avant de le quitter, je l'ai serré très fort contre moi et je lui ai demandé s'il apprenait toujours à tirer. Je savais qu'il se formait depuis quelques années au maniement des armes avec ses gardes du corps. Il m'a répondu que non, que ce n'était plus la peine, qu'il n'avait pas peur.

« Tu devrais continuer, lui avais-je rétorqué. Un jour tu auras à te défendre. »

Ô combien !…

Pour revenir à Michel, forte des conseils de Patrick et des médecins, j'avais commencé à lui faire une cuisine trois étoiles à base de curcuma, qu'on m'avait présenté comme miraculeux. Je préparais tout au curcuma, à tel point que Michel ne supportait plus ce condiment à la longue. Pourtant, je prenais soin de cuisiner ce qu'il aimait.

Il se rendait à ses traitements de chimiothérapie comme on va chez le médecin pour un banal rhume ou chez le dentiste pour une vilaine carie. Il n'était pas plus affecté que cela par ces visites. Il y a quelque chose de particulier chez lui qui m'a toujours fait très peur, une crainte dont je lui ai fait part cent fois : il n'avait aucune conscience du danger. Je me suis rendu compte après toutes ces épreuves qu'il n'avait toujours pas pris la mesure de la gravité de son état. Il s'est dit : « Je vais me faire soigner et ça ira. »

Avant même de revenir nous installer à Neuilly, Michel avait également commencé des séances de rayons. Des allers-retours Barbizon-Paris de cinquante kilomètres avec chauffeur privé car je ne voulais pas qu'il fasse ces trajets en ambulance. Et lorsqu'il restait à l'hôpital pour les chimios, je dormais à ses côtés.

Il faut reconnaître ici la grandeur de toutes ces infirmières, de tous ces urgentistes. Ils forment ce qu'on peut appeler l'aristocratie de la race humaine. Ils travaillent souvent dans l'ombre, pour des salaires plutôt médiocres, et se donnent corps et âme à leurs malades. D'ailleurs, je ne comprends pas pourquoi il n'y a pas plus d'effectifs en milieu hospitalier, alors que notre société peine à créer des emplois pour tout le monde. Voilà un univers qui mérite d'être soutenu et où les salaires doivent être décents au regard des efforts fournis !

Je voudrais donc remercier au passage l'équipe de l'hôpital Saint-Louis, celle de l'établissement de Puteaux et de la clinique de Boulogne-Billancourt.

Car je revois Michel pleurer quand on lui a dit qu'il quittait Saint-Louis pour être transféré à Puteaux. Il ne savait pas à l'époque qu'il y serait bien pris en charge par l'équipe médicale, tout comme à Boulogne.

Le calvaire s'installe

La maladie de Michel est devenue extrêmement pénible avec la pose des cathéters. Il avait mal, il s'alimentait de moins en moins et la fatigue grandissait. Mais il ne perdait pas ses cheveux en effets secondaires et la vie reprenait son cours à Barbizon avec le printemps au rendez-vous. Entre deux séries de chimios/rayons, nos petites habitudes retrouvaient leurs droits. Nous nous promenions en forêt. En revanche, je ne me suis jamais remise à peindre. Après le portrait de Christine que j'avais réalisé après son décès, j'avais en effet mis un terme à ma passion. Peut-être était-ce une façon de marquer le coup, une pudeur. Ou simplement une lassitude.

Je revois Michel sous le préau, dans son fauteuil en rotin, boire sa boisson hyper protéinée. Les pharmaciens nous livraient des cageots de Rénutril®, il fallait qu'il en boive au minimum quatre par jour dans la mesure où il ne pouvait déjà plus s'alimenter normalement. Fini les délicieux repas et les bons restaurants, lui qui aimait tant ça ! Souvenir pénible : chaque fois que j'essayais de le faire manger un peu, que je lui faisais des purées, des petits plats en sauce, il se mordait la langue jusqu'au sang. Il n'avait aucune sensation là où il avait subi la curiethérapie. Il ne discernait plus la partie sensible de sa langue de la partie traitée. Pire, sous l'effet du traitement, ses dents se déchaussaient et bougeaient. Lui qui avait de si belles dents, un si beau sourire… J'en étais particulièrement affectée et il m'était également désormais difficile de manger devant lui.

Je le revoyais engloutir ses salades de méduse préférées dans ce restaurant asiatique du treizième arrondissement que nous appréciions. Il connaissait le guide Michelin par cœur, ainsi que l'histoire de chaque grand chef. La cuisine était pour lui une passion. Il lisait d'ailleurs beaucoup d'ouvrages culinaires à l'hôpital ; comme s'il « compensait » son incapacité à se nourrir. Il avait ainsi beaucoup sympathisé avec Bernard Loiseau – qui s'est malheureusement suicidé – lequel nous avait invités dans son restaurant et même « gardés » une journée de plus sur place. Il nous avait fait « la totale » pour les entrées, avant de nous servir ensuite sa célèbre poule truffée, farcie, sans oublier les desserts au chocolat. Michel était donc fan des grands chefs. De même était-il allé voir Joël Robuchon après un dîner pour lui dire, les larmes dans les yeux : « Vous êtes un artiste. »

Descente aux enfers

Nous avons appris ensuite qu'il devait subir une curiethérapie. Comme sa tumeur n'était pas opérable, les médecins ont tenté des traitements très lourds. Ne connaissant pas celui-ci, je me suis renseignée sur Internet et j'ai découvert en quoi cette méthode consistait. On enfonce sous la mâchoire une dizaine d'aiguilles grosses comme des demi-pailles et sources de radioactivité, elles traversent la langue, se recourbent, retraversent la langue et ressortent. Bien sûr, sous anesthésie.

Il était dans une chambre plombée puisqu'on lui insérait des fils de radium pur. Cette étape supplémentaire était particulièrement difficile pour nous, s'ajoutant à la lourdeur de la chimio et des rayons.

Et un jour, au bout d'un an de traitement environ, on nous a annoncé que tout était enfin stabilisé ! Les traitements étaient suspendus pour un temps. On nous a même parlé de rémission. Sauf que Michel se croyait complètement guéri : mourir lui était inconcevable.

Mais il était très fatigué et ne se berçait pas d'illusions : il savait malgré tout qu'il ne rechanterait plus et qu'il n'aurait plus jamais une vie normale. Il ne mangeait plus, ne buvait plus, n'avait plus de vie sexuelle.

Or, il ne s'était jamais refusé aucun plaisir avant de tomber malade, surtout le sexe. Pendant cette rémission, il s'étonnait de ne pas pouvoir parler comme avant, ni même de pouvoir conduire comme avant. Je lui disais : « Mais tu viens d'avoir un cancer très grave, avec un lourd traitement, c'est normal que tu ne sois pas en forme. Il va te falloir beaucoup de temps avant de retrouver tes automatismes de vie. »

Il avait du mal à l'accepter. Il était excessivement affaibli. Il restait allongé sur son lit, sans trouver la force de faire autre chose. Même la position assise dans un fauteuil lui devenait pénible au bout de quelque temps.

Je lui en voulais parfois de se laisser gagner par une sorte de paresse. Je lui disais : « Allez, lève-toi, marche, fais des choses, tu peux maintenant, tu es guéri ! » Je me reproche aujourd'hui cette attitude.

Nous n'avions plus de vie sociale. Il n'en avait pas la force car un cancer est aussi une descente aux enfers pour l'entourage. Patrick Pelloux m'avait prévenue que ça allait être très difficile. Je n'avais pas mesuré à quel point. Et nous n'étions pas préparés à cette épreuve « parallèle » que nous subissions. Il devrait y avoir un accompagnement psychologique soutenu pour l'entourage. Bien sûr, si j'avais parlé au personnel des différents hôpitaux que Michel a fréquentés, tous, médecins, et infirmiers ou infirmières m'auraient écoutée, mais il n'existe pas de structure suffisante pour soutenir les proches, pour les préparer et les accompagner. Au contraire, un sentiment de culpabilité a tendance à vite se développer. Je m'en voulais d'aller chez le coiffeur ou de faire un peu de shopping, de prendre deux ou trois heures pour moi. C'était un instinct de survie, mais j'avais l'impression de transgresser les règles de la bienséance, de l'accompagnement, de la morale… de trahir mon mari. Aujourd'hui, je recommanderais aux gens qui vivent ma situation de prendre du temps pour eux. Mon amie Anouk me l'avait pourtant répété : « Pense à toi, Geneviève ! »

Il faut faire fi des remords et prendre du temps pour soi…

Le meilleur de soi-même

Nous ne pouvons pas connaître le meilleur de nous-mêmes. C'est pour ça que l'on s'évertue parfois à faire ce que l'on croit « bien », comme je l'ai fait, à donner pour les régions défavorisées de la Corne de l'Afrique, à aider des causes humanitaires qui œuvrent sur le terrain, à donner de gros billets à des mendiants… On se cherche une bonté, une grandeur d'âme. Mais on ne se leurre pas, la plupart du temps, sur cette façon triviale d'expier ses privilèges. On sait qui on est et ce que l'on vaut.

Michel, non plus, ne connaissait pas le meilleur de lui-même. Il souffrait de ne pas être un Neil Young ou un Bruce Springsteen et ne mesurait pas le bonheur qu'il donnait quand il chantait avec sa voix si particulière, empreinte de tendresse.

Rémission

Pour en revenir à sa rémission, il a désiré annoncer cette bonne nouvelle au grand jour à la télévision. J'étais contre. Alain Bashung l'avait pourtant déjà fait lui aussi. Bien sûr, on m'opposera que cette démarche est encourageante pour les malades…

Nous nous étions dit, peu de temps avant sa rémission et alors que nous habitions encore à Barbizon, que les allers-retours quotidiens entre l'hôpital et la maison devenaient trop lourds, même avec le privilège d'un chauffeur privé. Nous avons donc pris la décision de retourner vivre à Neuilly. En outre, Christine n'étant plus là…

Se rendre à l'hôpital Saint-Louis tous les jours était épuisant, surtout les jours où il y avait beaucoup de circulation.

À Neuilly, la vie a repris bon an mal an. Le dimanche par exemple, Michel promenait Esteban, notre petit-fils, et il allait même acheter ses journaux. J'ai malheureusement le souvenir de sa silhouette, pliée en deux, comme celle d'un vieillard. Je ne sais pas s'il avait vraiment conscience de son état parce qu'il me disait : « C'est terrible, je suis juste allé chercher le journal et je suis épuisé. » J'essayais de le rassurer : « C'est normal, avec les traitements que tu as

eus, avec la maladie, mais tu es sur la voie de la guérison… »

Pendant la première période de sa maladie, Michel,
bien que très affaibli, avait une fringale de culture. Il
s'était mis à lire – ou relire pour certains livres – tous
les classiques. Lors de sa rémission, il a même recommencé à consigner des notes sur ses cahiers d'écolier,
la vie reprenait, et il avait même des projets d'écriture de chansons. Malheureusement, plus tard, avec la
rechute, il ne lui fut plus possible de lire.

Nous avons décidé de prendre un peu de vacances
à Trouville, où nous avons rejoint des amis de toujours, Anouk et Pierre Papadiamandis, qui y possèdent
un appartement. Quant à nous, nous logions à l'hôtel.
On ne se refusait rien : langoustes, homards… Michel
essayait de manger un peu. Il était heureux, il revivait,
faisait des projets. Il espérait rechanter. Il se rendait
chez Claude Morgan et chez Jean-Michel Rivat qui
rééduquait sa voix. C'est pendant cette période qu'il a
tourné le clip *La fin du chemin*, bien que sa voix ait
été enregistrée dans les jours précédents l'annonce
de sa maladie. Il avait été alors question qu'il tienne
le rôle d'Abraham dans une comédie musicale dont
Pierre Delanoë avait écrit tous les textes.

Quand il m'a fait écouter cette chanson la première
fois, j'ai éclaté en sanglots. Les paroles m'apparais-
saient tellement prémonitoires…

Revint le temps
de notre première rencontre

Le souvenir de notre première rencontre me revenait… L'amour arrive bizarrement parfois, ni par un coup de foudre ni par une acclimatation progressive à l'autre. Ses symptômes peuvent être l'agacement, la perturbation, le rejet ou même quelque chose de dérangeant.

Ainsi, la première fois que j'ai rencontré Michel, j'étais certes séduite, mais je me surprenais à lutter contre ce qui, *a priori*, devait me faire tomber amoureuse de lui sans coup férir : beau garçon au sourire irrésistible, chanteur populaire porté par tant de tubes. De ce côté, mon goût allait plutôt à Claude Nougaro et à l'opéra. C'était donc mal parti.

J'essayais de me persuader que Michel n'était qu'un voisin comme un autre, dans ce hameau privé de Rueil-Malmaison où je demeurais à l'époque. Une de mes amies, Chantal de Baillencourt, sur laquelle Michel exerçait une certaine fascination, intriguait pour faire sa connaissance coûte que coûte. Pour ma part, j'étais très loin du syndrome de la « groupie », aussi, quand elle m'a demandé de l'aider à le rencontrer, j'ai d'abord refusé. Mais elle a trouvé une astuce. Un jour, elle vient me rendre visite et me dit : « J'ai appris que

Delpech doit partir pour Tahiti. Figure-toi que mon frère vit là-bas. Je pourrais lui apporter des adresses indispensables. Justement je l'ai croisé ce matin, il est d'accord pour qu'on en parle et m'a invitée à prendre un café ce soir. Sois sympa, accompagne-moi, je ne veux pas y aller seule. Tu n'auras qu'à nous laisser lui et moi à un moment donné. »

Elle a si bien argumenté qu'elle m'a finalement convaincue de la suivre. Mais je l'ai cependant prévenue que je m'éclipserais au bout de cinq minutes.

Le soir même, nous nous sommes donc retrouvées dans le salon de Michel, à l'ameublement dépouillé. Il n'y avait qu'un canapé, une table basse et un piano blanc sur lequel étaient posés trois billets d'avion. Muette, je feuilletais des revues en laissant Chantal converser avec Michel. Puis elle s'est levée prestement en lui demandant de lui indiquer les toilettes. Michel lui a montré le chemin et, à son retour, il s'est jeté sur moi et m'a embrassée. Pour être honnête, c'était la dernière chose à laquelle je m'étais attendue. Il m'a dit que j'étais la femme de sa vie et qu'il voulait m'épouser. C'était étrange. Cela ressemblait tellement à un cliché de film romantique. En réalité, derrière son charme, il m'a plutôt « dérangée » qu'attirée. À cet instant, je l'ai carrément pris pour un fou.

Chantal est revenue au même moment dans la pièce et l'a surpris penché sur moi. « Je vous laisse », a-t-elle dit. Et moi de répondre : « Non, non, reste ! » Puis j'ai également pris congé et nous nous sommes retrouvées toutes les deux dans la rue. J'ai clarifié la situation et expliqué à mon amie que je n'étais pour rien dans l'attitude pour le moins entreprenante de Michel.

L'amour est arrivé autrement. Presque orphelin de cet épisode.

Et Dieu dans tout ça ?

Dieu reste pour moi un mystère. Mais quoi qu'il en soit, je ne crois pas à un Dieu rattaché à une religion. Il peut participer d'une religion, ou de toutes les religions, mais je n'ai pas eu le déclic d'une religion – d'un Dieu. En ce qui concerne le catholicisme, comme le dit le père Brune dans son livre *Ma vie au service de Dieu*[1] : comment peut-on adouber une religion où un père envoie son fils sur une croix de souffrance pour racheter les péchés des hommes ? Et comment saint Thomas d'Aquin peut-il encore servir de référence à l'Église catholique avec, entre autres atrocités, sa théorie des enfants non baptisés qui vont en enfer ? Tout cela ne nous incite pas à l'amour. Dans son tout dernier ouvrage *Retrouver Dieu malgré l'Église*[2], le père Brune n'a pas la religion catholique en odeur de sainteté, si je peux me permettre une telle expression. Où est passé l'amour prôné par le Christ ? Cet amour qui est l'essence même de ma foi.

Je crois en Dieu sous la forme d'un principe créateur. C'est l'explication du miracle de l'existence. Je ne crois pas qu'un tel ordre puisse provenir du chaos.

1. Le Temps présent, 2014.
2. Le Temps présent, 2016.

Par exemple la neige. Depuis qu'elle tombe sur notre planète, il n'y a jamais eu deux flocons identiques. Et pourtant tous ces milliards de milliards de milliards de milliards de milliards de cristaux de neige, sans aucune exception et bien que tous différents, forment toujours une figure à six sommets, jamais cinq, jamais sept. De même, les fleurs ont toutes des pétales, et leur nombre est toujours déterminé par une constante mathématique appelée le nombre d'or. Une marguerite peut ainsi avoir cinq, huit, ou treize pétales, mais jamais dix ou onze. Comment le hasard serait-il alors capable d'ordonner les choses aussi exactement ou aussi parfaitement ? Comment ne pas croire que ces flocons de neige, ces fleurs ont été pensés ? Mais par quoi, par qui ?

L'holographie quantique

L'holographie quantique explique les phénomènes de la vision à distance, cette capacité qu'ont certains humains de « voir » avec leur esprit des objets et des événements par-delà le temps et l'espace. Du point de vue scientifique, la vision à distance est parfaite-ment documentée. Le psychologue Karl Jung avait affirmé que les synchronicités, la voyance, les rêves prémonitoires, les visions provenaient du fait que nous sommes tous reliés à un inconscient collectif. Et que cet inconscient collectif a son propre lan-gage, avec des symboles propres et une signification cachée. Quelles que soient les réponses, il est évident que nous devons faire preuve d'humilité et prendre enfin les prémonitions très au sérieux. Aussi bien les nôtres que celles des autres. Il importe peu que les pressentiments et la voyance soient en contact avec la conscience universelle, avec l'informa-tion, avec l'esprit collectif ou même avec une autre force indéfinissable qui se trouve au plus profond de nous-mêmes. Ces pressentiments sont tous valides et doivent absolument être écoutés. Car ils sont « modi-fiables ». Parfois même, ils doivent justement être modifiés : c'est pour cela que l'information d'un futur virtuel nous est donnée. D'autres fois, hélas, elle n'est là que pour nous aider à accepter l'inéluctable. Et à tirer le meilleur du temps qui nous est compté.

Trois ans.
Comme j'avais dit

J'ai toujours pensé que sa maladie durerait trois ans avant l'issue fatale. Et elle a duré exactement trois années. Je m'interdisais pourtant de le penser. Je m'exhortais : « Non, tu n'as pas le droit de penser ça, tu dois penser qu'il va se battre et guérir. »

Quand il me demandait s'il allait guérir, je lui assurais qu'il s'en sortirait, qu'il allait se battre encore et encore avec cette vilaine maladie et la vaincre. Et quand il me demandait s'il rechanterait, je lui répondais : « Bien sûr que tu vas rechanter. Et si tu ne rechantes pas, on verra les choses autrement, on voyagera, on vivra pour nous deux… »

Vers la fin, quand il m'a reposé la question, je lui ai dit qu'il devait envisager de mourir de cette maladie. Mais je ne lui ai jamais dit : « Non, tu ne vas pas t'en sortir. »

Les soins palliatifs

En soins palliatifs, j'ai vu la souffrance, la « vraie » vie, la mort. Dans ce service si particulier, je me suis demandé comment mettre fin à la souffrance humaine sans être le Bouddha. Car le Bouddha disait que l'homme demeure dans la souffrance tant qu'il est identifié à sa vie matérielle et qu'il n'a pas pris de recul. Il faut apprendre à lâcher prise car c'est la peur qui génère la souffrance. Le besoin impérieux d'attachement est à l'origine de la souffrance. Aimer, compatir, c'est mettre fin à nos propres souffrances. Où est Dieu ?

La vraie vie ne se borne pas à ce que nous voyons. Je crois aux miracles car ils nous donnent de l'espoir. Ils nous poussent à créer une réalité là où il n'y a que possibilité.

Michel a fait deux séjours en soins palliatifs. Un premier à la suite duquel il est parti en maison de repos médicalisée à Boulogne. Le deuxième séjour à Puteaux, où il est mort. L'encadrement profondément humain qui y règne est tel qu'il devrait y avoir autant de services de soins palliatifs que de maternités dans le monde. Dans un pays industrialisé, cela me semble essentiel. Parce qu'il est tout aussi naturel de mourir que de naître.

Et surtout, nous devrions tous avoir le droit de mourir entourés comme Michel l'a été, dans le calme, la douceur, avec une exquise musique de fond... « Ils » l'ont aidé à s'endormir paisiblement. « Ils » m'ont fait comprendre combien nous sommes tous infiniment précieux, et si petits dans cet univers. Quelle leçon !

Toutes ces découvertes parmi ces gens merveilleux des services de soins palliatifs sont de l'or dans mon cœur pour toujours. Je sais aujourd'hui plus que jamais que nous finirons en miettes. J'ai erré dans ces champs de bataille, vu les visages défigurés et les affreuses mimiques de la résignation. J'ai entendu le silence qui suit le dernier soupir. Ce que j'ai vu – des vies misérables jusqu'à ces soins palliatifs – est sublime, banal et terrible. J'ai compris que depuis notre petite enfance nous sommes en route pour cette rencontre : quand les masques de la beauté, de la jeunesse et de la place acquise tomberont. Pourtant, nos premières années à tous promettaient infiniment plus de lumière. Ici, dans ce « mouroir » de l'hôpital de Puteaux, où Michel, mon mari, essaie en vain et dans des efforts insupportables de reprendre le souffle de la vie, ici, il n'y a ni vent, ni soleil, ni jonquilles au printemps. Il n'y a que des flammes chancelantes, que des étoiles qui s'éteignent. Pour autant, ce que ces patients ont d'adorable est d'être en vie malgré tout, malgré eux. Et les plus touchés sont les plus royaux.

Je me dis en fin de compte que je suis chanceuse de les avoir côtoyés. Car avec eux et par eux, j'ai vu de l'or dans le néant. Nous finirons tous en miettes mais ces miettes sont des pépites. Un ange, l'heure venue, œuvrera à partir de ces miettes pour refaire un pain tout entier.

En fait, depuis que je connaissais Michel, je ne faisais que m'aiguiser dans la perception des choses et monter en spiritualité. Peut-être, et j'en suis même certaine, que notre couple a été programmé ainsi dans les desseins de Dieu. J'ai la prétention de le croire puisque la longue souffrance de mon mari et son agonie m'ont permis de connaître des êtres d'une force et d'une abnégation exceptionnelles. Avec ce ressenti, ce recul, je peux dire que je me sens missionnée pour témoigner : il y a quelque chose après. Il ne peut en être autrement m'affirment mes incursions parmi ces êtres au-delà d'eux-mêmes, et mes expériences surtout.

Mon expérience du Tout

Je voudrais faire état de l'expérience que j'ai vécue et qui a changé ma vie. Je l'appellerai, ainsi que l'a nommée un Swami, un précepteur spirituel, « l'expérience du Tout ». Je l'ai vécue sur la terrasse qui surplombait notre jardin dans le Lubéron, où Michel et moi possédions une ancienne bastide dans le village de Cadenet. Il y avait un très beau parc, classé, majestueux, avec des magnolias tricentenaires et une immense bambouseraie, chose assez rare dans cette région plutôt sèche qu'est la Provence.

Un jour, alors que nous avions terminé de déjeuner, je suis sortie sur la terrasse fumer une cigarette. Je précise que je n'avais bu que de l'eau et que j'étais dans un état de conscience tout à fait ordinaire, ou plutôt normal, c'est-à-dire ni en méditation ni en prière, et que notre repas avait été frugal.

Je fumais donc ma cigarette en admirant ce parc magnifique lorsque tout à coup, je me suis sentie quitter mon corps à une vitesse vertigineuse. Je n'étais plus dans mon enveloppe corporelle. Je ne la sentais plus, mais j'avais malgré tout l'entière conscience d'être moi-même. Je suis passée dans une autre dimension à la vitesse de la lumière. Je me suis retrouvée dans l'écorce d'un des magnolias, puis dans

93

son tronc où j'entendais la sève pulser. L'arbre était vivant, je le sentais capable de souffrance et d'amour. Puis je me suis retrouvée dans une feuille, avec la perception de toutes ses capillarités, et par-dessus tout j'étais à la source de la vie. Entre les moments où je me suis sentie dans l'écorce du magnolia, dans son tronc, puis dans une feuille, je voyais bien la différence d'états dans lesquels je transitais, j'avais conscience du temps qu'il me fallait pour passer de l'un à l'autre, tout en sachant que cela se déroulait à une vitesse fulgurante. Les couleurs avaient les mêmes tonalités que celles de la vie réelle, mais elles étaient magnifiées. Je percevais des sons célestes, mais tout avait un son propre dans une unité générale. La vie avait un son.

Plus encore, j'étais à la fois dans la pierre et dans l'eau. Car je dois aussi préciser qu'en contrebas de la terrasse se trouvaient d'anciens thermes romains. J'étais donc dans l'eau et celle-ci était vivante. En fait, j'étais l'eau, puis la fleur, puis chaque cellule du cheval qui se trouvait dans le pré d'en face. J'avais un sentiment d'éternité dans l'instantanéité. J'avais la Connaissance. Je comprenais tout, le pourquoi et le comment de l'univers. J'éprouvais une compassion infinie pour tout. La vie était en tout et partout. Et la révélation était qu'il n'y avait aucune différence, par exemple, entre la fourmi et moi. Elle était moi et j'étais elle. Je me suis alors sentie en phase avec l'univers tout entier. Puis je suis revenue à moi.

Michel m'a alors dit, après lui avoir relaté mon « aventure », que je venais de vivre quelque chose d'incroyable. Que beaucoup auraient voulu être à ma place. En fait, c'était l'expérience du Bouddha.

Ce fut un bouleversement profond de ma propre intériorité, qui m'a conduite à m'interroger sur le sens de la vie, et par conséquent, de la mort. J'ai trouvé lors de cette expérience un univers multiple où une autre forme de vie existe. Une vie où tout n'est que paix, beauté, lumière et amour. Lors de cette expérience, j'ai eu cette impression vraiment douce de transiter d'un monde à l'autre. J'entendais la vie vibrer dans l'écorce des arbres, dans l'eau, dans la fourmi… Tout, absolument tout, était vivant et avait une conscience. J'étais au cœur même de la vie, à sa source.

Tout ce que je sais c'est que j'ai réellement vécu ce moment. C'est l'expérience la plus marquante, la plus bouleversante que j'aie pu faire. Tout y était : fusion, harmonie, origine, communication avec les éléments, cosmopathie. La matière et l'esprit entraient en fusion et se réconciliaient. La matière spirituelle et l'esprit se matérialisaient. C'était une communion. Je suis sortie de cette expérience convertie. Une sorte d'animisme en harmonie a changé ma vie.

Pourquoi a-t-elle changé ? Parce que j'étais désormais dans une nouvelle alliance, dans une nouvelle religiosité, celle de l'humain. Et j'ai acquis une nouvelle force, une nouvelle dimension, mais j'étais aussi détachée des critiques, de l'incompréhension de mon entourage.

Pendant les années qui ont suivi cette expérience, ma vie s'est considérablement transformée. J'aurais pourtant eu besoin d'une petite « cellule » psychologique pour m'accompagner. Ou au moins d'une aide toute simple, car mon entourage était un peu agacé par mon état. Je ne mangeais plus de viande, je ne pouvais plus couper une fleur. J'étais écorchée vive au point d'être obligée de m'isoler car je ressentais tout. J'étais dans l'empathie absolue. Je ressentais les souffrances des autres, allant jusqu'à les prendre en charge à mon corps défendant. Mon quotidien me paraissait dérisoire. Je me sentais comme trompée.

Cette vision de l'univers m'a révélé que nous sommes petits et insignifiants, rares et précieux à la fois. Aucun de nous n'est seul. Puisse chaque être humain ressentir un jour cette béatitude, cet espoir.

Répit en Normandie

Nous avons eu un répit presque magique, pendant lequel nous sommes allés en Normandie, à l'hôtel Saint-James que dirige de main de maître notre vieil ami Christian qui nous loge toujours dans la suite qu'il réserve habituellement à son amie Nadine de Rothschild. Michel et moi avons toujours aimé le pays d'Auge, les chaumières. Saint-Tropez, par exemple, ne nous a jamais attirés. Et surtout, nous bénéficions là-bas de la présence et de la compagnie d'Anouk et Pierre Papadiamandis. Anouk étant mon autre très grande amie, écrivain, très raffinée, acharnée et libre. Pierre et Michel s'étaient toujours bien entendus, notamment sur le plan musical. Nous étions donc heureux de les rejoindre. Nous avions des traditions en arrivant à Trouville, comme aller dîner aux Quatre Chats, le restaurant de notre ami Serge. Nous allions aussi à Cormeilles dans un restaurant de spécialités normandes. Nous avions nos habitudes en Normandie, douces, rassurantes, empreintes de poésie. Même sous la pluie, le pays d'Auge reste gai. L'odeur de la mer, les mouettes, tout cela nous faisait beaucoup de bien. Les âmes de Marguerite Duras, de Flaubert, de Proust, pour ne citer qu'eux, se baladent sur la grande plage et nous nourrissent l'âme et le cœur.

Pendant ces deux semaines, Michel était vraiment bien. Dorloté à l'hôtel par Christian, toujours aux petits soins pour nous. Nous avions des fous rires, Christian et moi, le soir pendant que Michel se reposait. Je me souviens de la manière avec laquelle il me parlait de son calvados préparé « à sa façon ».

Nous avons connu aussi de beaux moments sur la terrasse d'Anouk et Pierre, à écouter de la bonne musique, à manger du homard.

Michel reprenait tout doucement goût à la vie, et moi, je me surprenais à penser que je m'étais trompée, qu'il allait peut-être guérir. Tout en ayant au fond de moi cette quasi-certitude que ce n'était qu'une plage de répit. C'était le dernier moment délicieux que mon mari aurait dans sa vie, une sorte de parenthèse enchantée, avant sa rechute. Nous étions dans une sorte de *no man's land*, aucune nouvelle désagréable ne nous parvenait, nous étions à l'abri de tout. En tout cas, on le croyait...

Retour à Neuilly

Suite à ce doux répit estival, nous sommes revenus en région parisienne, à Neuilly, où nous avions emménagé depuis le mois d'octobre précédent. Je n'ai fait que ça, déménager. Déménager vient, paraît-il, en troisième dans les traumatismes les plus répandus, après le deuil et la perte d'emploi.

Nous avions donc passé un bel été en Normandie, tandis que le mois d'octobre fut marqué d'une récidive. Michel, de nouveau très fatigué, me dit un jour : « Je sens comme une boule qui est revenue. » Nous avons donc aussitôt appelé le professeur Maylin qui a constaté que la langue était non seulement touchée, mais aussi la gorge.

En apprenant cela, Michel a dû à nouveau faire un séjour en clinique psychiatrique pendant près de deux mois. Des douleurs terribles ont commencé, traitées par une nouvelle curiethérapie.

Avec le recul, dans une certaine mesure, j'en veux aujourd'hui au corps médical. Quand je dis que je leur en veux, j'exagère parce que les médecins font leur travail et respectent une déontologie. Je devrais plutôt dire que j'ai envie de leur demander : « À quoi bon cet acharnement thérapeutique, sachant l'issue quasi inéluctable ? » Mais, au fond de moi, je dois être en accord avec eux. Parce que je suis une femme. Jean-Yves Leloup, grand penseur du christianisme, a très bien cerné le problème dans son *Évangile de Marie*[1] : « L'esprit féminin [...] est sans doute capable d'endurer cette impuissance et cette inutilité devant certaines souffrances... »

Oui, j'ai enduré cette impuissance et cette inutilité, même si je m'en suis révoltée. Je l'ai gérée aussi. Et c'est à moi que j'en veux d'avoir « marché dans la combine » de l'espoir vain. Je ne dois pas oublier non plus que la notoriété de Michel a dû énormément influencer les comportements du corps médical. Les médecins ont plus ou moins dû imaginer les gros titres de la presse en cas de décès « prématuré » de Michel, du style : « Michel Delpech mal soigné, les médecins ont abdiqué sans lui donner sa chance à fond... » Bref, ils devaient avoir peur, étant très exposés en raison de la popularité de mon mari, d'une condamnation par l'opinion publique et/ou les médias. Soigné d'une façon remarquable, il a en quelque sorte payé sa notoriété. Je le répétais souvent au professeur : « Mais il faut que ça s'arrête, à quoi bon s'acharner ? » « Qu'est-ce que vous voulez ?, me disait-il en me pinçant la joue. Qu'il ne guérisse pas ? »

Mais je savais qu'il ne guérirait pas. J'essayais de le faire avouer au professeur, mais jamais il n'a lâché quoi que ce soit en ce sens. Pourtant, il m'a invitée un jour à prendre un café et a convenu que cela pouvait arriver d'un instant à l'autre.

1. Albin Michel, 2000.

L'enfer a repris

L'enfer donc a repris de plus belle. Michel a émis le besoin de revenir à la maison, j'ai évidemment approuvé cette décision. Nous avons aménagé la chambre dans l'appartement de Neuilly comme celle d'un grand malade. Quand la maladie a récidivé, on lui a posé une sonde gastrique. Il n'arrivait même plus à boire. C'est moi qui le nourrissais plusieurs fois par jour, qui lui administrais ses médicaments. Et, quand épuisée je m'octroyais quelques heures de sommeil, Michel se levait parfois, sous l'effet de la morphine, mais chutait. Il s'est blessé, assommé même, plusieurs fois. Je le trouvais parfois à terre au petit matin, avec du sang partout, gisant au milieu du matériel médical renversé. Il est resté un mois et demi environ à la maison avant d'être contraint de retourner en milieu hospitalier. Le pauvre était heureux, malgré tout.

Je m'en suis énormément voulu de le renvoyer à l'hôpital, mais ce n'était pas possible autrement. J'étais toute seule. Les infirmières venaient le matin très tôt, puis à 17 heures pour changer les pansements. Le reste du temps, j'assurais moi-même les soins. Je culpabilisais d'aller faire une course ou un saut chez une amie. Je me dis aujourd'hui que j'ai manqué à mon devoir. J'aurais dû rester avec lui 24 heures sur 24 et ne jamais le quitter. Un jour, il était dans un tel état que l'infirmière m'a dit qu'on ne pouvait plus le garder chez nous.

Il est donc retourné à l'hôpital où son état s'est progressivement dégradé. Il délirait sous les effets de la morphine.

Mais il a été très entouré. Par Michel Drucker, Bénabar, Didier Barbelivien… des coups de fil, des visites d'hommes politiques…

Il a fait trois septicémies avec arrêt cardiaque. J'en ai voulu aux médecins de l'avoir réanimé. C'est terrible de dire ça. Avec Garance, sa fille, la famille de Michel, et les enfants, nous avions demandé de ne pas le réanimer si cela se reproduisait.

Jusqu'à ce jour où les médecins m'avouèrent que tout cela était vain, qu'il fallait que mon mari aille en soins palliatifs. Je lui en ai parlé, je lui ai dit qu'il valait mieux qu'il lâche prise. Il refusait. Il voulait d'abord être sûr que j'étais à l'abri, que j'étais bien, que je n'aurais pas d'ennuis, que je ne manquerais de rien.

« Tu mourras
entouré de jeunes personnes »

Quand il est mort, Pierre et Pauline lui tenaient la main. Nous étions à ses côtés depuis plusieurs heures, lui parlant doucement, Pauline lui fredonnant des chansons. Moi, je lui susurrais à l'oreille des mots d'amour et des encouragements à lâcher prise. Les dix dernières minutes, je suis sortie et je suis restée tétanisée dans l'encadrement de la porte de sa chambre. Il n'aurait pas voulu que je le voie mourir. Je suis allée boire un café avec mon fils Emmanuel dans la cuisine, à l'étage. L'agonie avait duré toute la journée depuis la nuit précédente. Michel Drucker était venu. Il est parti deux heures avant le dernier soupir de Michel. Il avait dit qu'il reviendrait. Il est certes revenu, comme promis. Mais c'était fini.

Moi, au moment où j'étais dans l'encadrement de la porte, j'ai vu Michel dans les bras de Pierre et Pauline. Je me suis aussitôt souvenue de cette voyance que j'avais eue à Chatou, presque trente années plus tôt. Je lui avais dit : « Tu mourras entouré de jeunes personnes, et moi je me tiendrai dans l'encadrement de la porte, n'osant pas entrer dans la chambre. »

Voilà que cette prédiction se réalisait.

On nous a fait sortir de la chambre, on lui a fait sa toilette, puis on l'a installé dans le lit avec des petites bougies. Il était beau. Je suis allée avec Rahma chercher des habits pour le vêtir. Je ne savais plus où j'étais et je ne me repérais plus dans le temps.

Sur le moment, nous étions dans une sorte d'état de grâce. La presse fut élogieuse, les témoignages ont afflué, il a eu des obsèques quasi nationales. Et je rends hommage à mon fils Pierre qui s'est occupé de tout de façon remarquable, avec calme et lucidité, il m'a soulagée bien plus que secondée…

Nous avons organisé les obsèques, avons pris soin de lui trouver une place au Père-Lachaise. Anne Hidalgo, la maire de Paris, a en effet accepté que Michel y soit inhumé.

Il est mort le 2 janvier 2016 à 21 heures 30. Nous sommes restés à ses côtés une grande partie de la nuit, puis nous sommes rentrés à la maison vers trois heures du matin. Un de nos enfants a reçu un coup de fil la nuit même de son décès lui disant : « Mon fils, je vais partir, mais tout ira bien. » Non seulement le numéro qui s'affichait était celui de Michel, mais sa voix était parfaitement reconnaissable. Exactement comme celle du soldat Pierre Monier annonçant au téléphone à sa cousine, le 8 janvier 1915 : « Dis à maman que je suis vivant », alors même qu'il venait de se faire tuer sur le front.

Selon l'expression populaire, « il a rendu son âme à Dieu ». Je ne pense pas que Dieu ait beaucoup à redire sur elle, après ce « prêt » de presque soixante-dix ans. Son âme était certes trouble. Insaisissable. Avec des passades sombres dont il a eu conscience et qu'il a essayé d'exorciser en chanson. Comme en témoignent les paroles initiales de sa chanson, « Je ne t'aurais pas vu » :

« En ce temps-là je t'ignorais
J'étais sans grade et sans but
J'avais donné mon âme au diable
Je ne lui avais même pas vendue

En ce temps-là j'aimais si peu
Comment t'aurais-je entendu
Je m'enivrai du rire de ceux
Qui ne voient pas qu'ils sont perdus »

Tel était le texte original, par lequel il s'adressait à Dieu.

Mais la maison de disques a refusé cette option et a préféré que Michel s'adresse à une femme. Une fois encore cette plaie qu'est la bienpensance avait gagné ! Surtout ne pas froisser « l'autre », le respecter dans ses croyances, sa culture. On l'a donc amené sur le terrain du consensus avec ce texte pourtant merveilleux, plein de repentance, d'humilité et d'élévation spirituelle.

Sur le même album, avec « Sexa », il semblait préparer son âme pour la rendre à Dieu avec les honneurs. Un texte dont il a eu l'idée, le besoin même, et qu'il a cosigné avec Francis Basset, « Lettre à tous ceux-là » :

« Je vais trouver leur adresse et écrire une lettre
À tous ceux-là à qui un jour j'ai fait du tort
Et d'une écriture humaine, lentement, lentement,
À l'encre infiniment sympathique, je leur dirai comme ça...
Pardon, navré
Je ne savais pas qui nous sommes,

105

En chair, en vrai
On mène tous une dure bataille
Moi j'avais la mienne, je ne voyais pas
Que je vous blessais avec des paroles en l'air
Et des mots comme des lames
Voulez-vous pardonner ?
Me pardonner ? »

Le début des signes

Les signes ont commencé les soirs suivants. La première nuit, je ne trouvais pas le sommeil, il était trois heures du matin. N'arrivant pas à dormir, je suis allée me faire un thé dans la cuisine et je suis revenue me mettre au lit avec le livre de Didier van Cauwelaert *Le Dictionnaire de l'impossible*[1]. J'ai alors lu, en buvant mon thé, l'histoire de la pie de Michel Legrand. Cette pie n'aimait pas Bach et picorait les partitions quand Michel Legrand en jouait sur son piano. J'ai alors posé sur la table de chevet, hors de portée, ma tasse presque vide, dans laquelle j'avais laissé la cuillère, et que j'avais pris soin de mettre sur une soucoupe, puis je me suis conditionnée pour dormir. J'ai éteint la lumière et, essayant de m'assoupir, j'ai entendu la cuillère claquer violemment dans la tasse. Comme si elle était le battant d'une cloche frappant contre l'intérieur de celle-ci. J'ai sursauté, j'ai allumé la lumière et j'ai essayé de comprendre. Aucun raisonnement rationnel ne pouvait expliquer la violence avec laquelle la cuillère avait frappé le rebord de la tasse. Cela transgressait les lois de la physique. Il aurait fallu que cette cuillère se soulève d'un côté de la tasse, pour prendre

1. Plon, 2013.

un élan et venir frapper le bord opposé. De plus, il restait encore du thé. Ce qui pouvait freiner la cuillère. J'ai essayé de reproduire moi-même ce que j'avais entendu. Impossible. Je n'ai obtenu qu'un petit bruit dérisoire. Il a fallu que je la lance avec force contre la paroi de la tasse pour obtenir un bruit équivalent à celui que j'avais entendu, mais ce n'était pas vraiment comparable. Alors j'ai dit : « Michel, c'est toi ? » À cet instant, j'ai entendu trois coups contre la porte du dressing dans ma chambre. Ensuite seulement, j'ai réussi à m'endormir.

Il faut aussi savoir que la veille j'avais tenté de fermer les stores extérieurs de ma chambre, et qu'étrangement, ce soir-là ils ne se baissaient pas complètement. Ils restaient bloqués, laissant cinquante centimètres de baie vitrée apparente. Je m'étais dit que le mécanisme était bloqué et que j'en parlerais à la gardienne.

Or, j'ai été réveillée le lendemain matin par les coups de bec d'une pie contre la baie vitrée… Souvenons-nous que j'avais lu dans la nuit l'histoire de la pie de Michel Legrand dans le livre de Didier van Cauwelaert.

Ne parvenant pas à baisser entièrement mon store trois soirs de suite, la pie est venue donner des coups de bec à la fenêtre les trois matins qui ont suivi. Et comme j'avais pu réparer le mécanisme, la quatrième nuit, je n'ai plus jamais revu l'oiseau.

Un autre signe très impressionnant a eu lieu, quatre ou cinq nuits après la mort de Michel, alors que je promenais ma chienne Nene dans le parc de la résidence. Pour accéder à ce jardin, il faut ouvrir une grande et lourde porte en fer forgé à quadruple vitrage à l'aide d'un passe ou du code. Il n'y a pas d'autre moyen. Cette porte automatique est très haute, très massive, est très lente à s'ouvrir. Je me souviens avoir été maintes fois impatiente de rentrer ou de sortir en attendant qu'elle s'ébranle.

Je me tenais donc dehors, à une trentaine de mètres de l'entrée, attendant ma chienne tout en fumant une cigarette, lorsque la porte s'est ouverte très lentement. Je me suis dit que quelqu'un sortait, puisque le hall s'est allumé. Mais personne n'est ni sorti ni entré, bizarre. Puis elle s'est refermée avant de s'ouvrir à nouveau, puis se refermer pour se rouvrir une nouvelle fois. Avec un laps de temps de trois secondes entre chaque ouverture et fermeture. Et ça a recommencé. Encore et encore, et de plus en plus vite. Fermée, ouverte. Fermée, ouverte. Cette porte lourde et massive se fermant et se rouvrant de plus en plus vite a attiré l'attention de ma chienne. Elle s'est plantée devant et s'est mise à remuer la queue et à dresser ses oreilles, elle d'ordinaire si craintive – je l'avais arrachée à des gens qui la maltraitaient. Nous avons profité d'un instant où la porte était grande ouverte pour nous glisser dans le hall, sans avoir besoin de faire le code ni de mettre le passe. Une fois à l'intérieur, la porte s'est refermée, mais cette fois-ci très lentement, beaucoup plus lentement que d'habitude.

L'arrivée du Prix d'Amérique

Parenthèse légère en cette fin janvier 2016, mois de la mort de Michel. Un de ses amis paroliers, turfiste de surcroît, m'appelle. Nous parlons de Michel, bien sûr, et il me glisse dans la conversation qu'en ce 31 janvier se court à l'hippodrome de Vincennes le Prix d'Amérique, le Championnat du monde des trotteurs.

Dans *Le don d'ailleurs*[1], cet ami avait longuement témoigné de mes capacités à « voir » les arrivées des courses bien avant qu'elles ne soient courues. En réalité, sans avoir aucun journal hippique sous la main ou sans me référer à la liste des chevaux engagés dans les courses sur Internet, « j'entends » leurs noms et « je vois » leurs numéros, la couleur des casaques et des toques des jockeys. C'est ainsi.

Cet ami a toujours été sidéré que je lui rapporte des noms de chevaux – souvent surréalistes ou abracadabrants – sans avoir la moindre information sous les yeux. Bien sûr, des « détracteurs » et de grands cartésiens lui ont fait valoir que j'étais forcément tombée sur un journal pour connaître les noms et les numéros des partants. Or, il n'en est rien ! Et quand bien même ? S'il suffisait de voir la liste de participants

1. *Op. cit.*

111

d'une course pour deviner le gagnant, je pense que tout le monde investirait un ou deux euros dans un journal hippique. J'ai beaucoup de mal avec les matérialistes purs et durs : aucun échange n'est possible avec eux. Ils emberlificotent toujours l'irrationnel pour lui donner une explication cartésienne. Ils sont presque aussi éreintants que les adeptes du « Y a qu'à… » et du « Je ne crois que ce que je vois ». On perd un temps fou, non pas à essayer de les convaincre, mais rien qu'à tenter d'établir une discussion. Ils détestent ce qui ressort de l'intuition, de l'inspiration, de l'impalpable. Il faut qu'ils expliquent et qu'ils démontrent. Considérons par exemple ce quatrain de Baudelaire avec lequel j'ai maintes fois vérifié la mauvaise foi et l'esprit doctrinaire :

« Dans tes jupons remplis de ton parfum
Ensevelir ma tête endolorie
Et respirer comme une fleur flétrie
Le doux relent de mon amour défunt »

Les cartésiens me démontrent et démontent le quatrain : les rimes ABBA, le champ lexical de l'amour et de la mort : ensevelir, fleur, flétrie, défunt, relent, parfum, le rythme du vers à dix pieds… En fait, ils abordent une œuvre poétique comme on commenterait le toit et l'agencement des murs et des pièces d'une maison, sans mentionner à aucun moment l'architecte.

Concernant le poème je leur rétorque : « Merci pour cette démonstration, ces commentaires. Mais le souffle, c'est quoi ? Si pour vous ce poème n'est que des rimes alternées, un rythme du vers à dix pieds, un champ lexical de l'amour et de la mort, faites-le ! Puisque vous avez la recette, écrivez-le ! »

L'erreur est de vouloir convaincre ceux qui ne croient pas. Ce même ami parolier turfiste, qui avait travaillé avec Michel comme auteur et coauteur sur deux albums, était athée, agnostique pour être précis. Un jour, je lui ai donné des « nouvelles » d'un de ses camarades disparus quelques années auparavant. Il a eu la révélation d'une survie de la conscience, pour ne pas dire de l'âme. Presque du jour au lendemain, il s'est mis à sangloter dans les églises ou à leur approche, devant les calvaires, ou à la vue de crucifix portés en pendentif. Une femme qui portait une chaînette avec une croix fut tout étonnée sur son siège de métro de voir ce grand gaillard face à elle pleurer abondamment en fixant le Christ à son cou. Il était si heureux de cette révélation, que son ami lui envoie des photos ou des messages *via* mon mobile, ou me dise des choses qu'eux seuls pouvaient savoir, qu'il n'a pas voulu garder tout ça pour lui. Il a désiré porter la bonne nouvelle autour de lui, avec de bonnes paroles comme : « Ne soyez plus triste, on ne meurt pas, le néant n'existe pas. »

Hélas, il s'est heurté à la défiance générale. Certains de ses « amis » sont même revenus sur leur jugement quant à ses facultés mentales et son intelligence. Il croyait pourtant faire plaisir, ouvrir, rassurer, les aider à donner un sens à leur vie.

Affecté par ces réactions, il s'est fermé. Toutefois, dans la conversation, il ne pouvait pas s'empêcher d'instiller des petites touches de son aventure, de son rapport avec les églises et les crucifix, des messages de son ami. Les réactions acerbes et moqueuses l'affectèrent alors davantage. C'est alors que son ami, par mon « biais », lui a envoyé ce message téléphonique :

« Ne salis pas la vérité que l'on t'a donnée. »

Depuis, il a « affiné ses recherches », comme on dit dans le jargon technologique. Ou au moins conté son émerveillement aux personnes enclines à l'écouter.

Ces personnes, dont cet ami a fait la douloureuse expérience, même le nez dans l'évidence, nient le souffle. *Idem* en amour.

On a droit à des « Je l'aime car... ». Par exemple, « Je l'aime car il est intelligent, il a une belle voix, beaucoup d'humour, et on s'entend bien ». L'amour participe pour eux de critères logiques, voire d'une chimie organique. Oui, mais dans tout cela, où est le souffle passionnel, où est l'impulsion ?

Ainsi, toi, Michel, mon amour, je pourrais faire une longue liste « posthume » de ce que j'aime chez toi : tes qualités humaines, ton sourire, tes mains, ce que tu m'as apporté et que tu m'apportes encore, plus que jamais. Mais c'est autour du souffle, de l'indéfinissable que ça se passe. Cet indéfinissable qui m'attendrit, me subjugue, me transforme, me porte. Me plonge aussi dans une mélancolie noire par la peur de te perdre là-haut, dans cet inconnu que je crois si peu connaître, ou simplement l'angoisse de manquer de toi. Dans ces cas-là, ton souffle dans mon cou ou sur mon visage quand je « sais » que tu es là est un merveilleux pis-aller.

Cet ami parolier qui pleurait dans les églises avait très bien analysé comment fonctionnaient mes voyances concernant les courses hippiques. En réalité, quand « j'entends » les noms des chevaux la première fois, ils sont encore loin du poteau d'arrivée. Je précise que je n'écoute ni la radio ni regarde une chaîne hippique à cette occasion. La course ne s'est pas encore vraiment décantée. Donc, dans ce premier temps, mon ami ne tient pas compte des noms ou des numéros que je lui donne. C'est quand j'entends le speaker monter d'un ton, s'égosiller presque, en prononçant les noms des chevaux, que je sais qu'ils sont près de la ligne d'arrivée. Et c'est là qu'il faut les noter.

Pour en revenir au Prix d'Amérique 2016, j'ai donc donné l'ordre exact d'arrivée des cinq premiers chevaux. Le premier que j'ai cité s'appelait Bold Eagle, et je voyais du rouge et du jaune. C'étaient les couleurs de la casaque et de la toque de son driver. Mon ami m'a dit : bien sûr, il est imbattable, c'est le grand favori. Mais le cheval qui est arrivé juste derrière l'était moins. J'ai dit à mon ami : « J'entends Mikoto, Kimoto, quelque chose comme ça, numéro 18. » Le cheval arrivé en deuxième position s'appelait Timoko. J'ai « vu » ses couleurs aussi, casaque bleue, toque noire. Mais après ceux-là, j'ai également « vu » les outsiders et les gros outsiders : Oasis Bi, arrivé troisième, dont j'ai un peu écorché le nom mais dont je voyais distinctement la couleur : toque et casaque vertes, et son numéro : le 9. Le cheval arrivé quatrième, avec une forte cote, s'appelait Akim du Cap-Vert. J'ai tourné autour de son nom en l'appelant tantôt Akim, tantôt Cap-Vert. Mais je l'associais au numéro 13. Le parolier de Michel s'y est vite retrouvé dans tout ce que je lui livrais. Et en bout de course, derrière ce quatuor de tête, je lui ai parlé du numéro 5. J'ai donc donné à mon ami le quinté du Prix d'Amérique 2016 dans l'ordre exact d'arrivée : 10-18-9-13-5. Il n'a joué que les trois premiers et a touché le tiercé dans l'ordre. S'il avait joué les cinq… Évidemment, la somme associée n'était plus la même ! Peut-être n'y a-t-il pas cru « à ce point » ? Et pourtant Dieu sait si je lui ai donné les gagnants ou les trois ou quatre premiers chaque fois qu'il me demandait de me concentrer sur des courses où il voulait jouer.

Ironie du sort, lui, pourtant joueur, ne misait jamais gros, ou se dispersait en faisant des combinaisons de jeu. Il gagnait donc, mais sans excès. Il existe sûrement une force morale « au-dessus » qui bride le gain d'argent facile. Cet ami me disait d'ailleurs qu'il était tétanisé chaque fois que je lui donnais les chevaux. Parfois, je lui disais même : « Retire tout l'argent que tu peux au distributeur et mets-le sur untel. Il va gagner. » Il restait perplexe. Il était affecté du même syndrome que Michel – toutes proportions gardées bien sûr – lorsque je lui disais qu'il se passait quelque chose dans sa bouche et qu'il refusait de consulter un médecin. Cela le bloquait au lieu de le décider à agir. Et pourtant tous les deux avaient eu maintes fois l'occasion de vérifier l'authenticité de mes voyances.

J'ajouterais enfin que cette prévision de l'ordre d'arrivée du Prix d'Amérique 2016 est vérifiable sur le téléphone portable de mon ami avec la date et les horaires exacts de mes SMS.

Il est temps de citer le nom de cet ami puisqu'il m'y autorise. Il s'agit de Francis Basset, le parolier qui a écrit pour Michel le merveilleux texte que j'ai placé en ouverture de ce livre. Or, ce texte, si prémonitoire, il vient de le retrouver par hasard, à l'heure où j'écris ces lignes, le 9 janvier 2017. Il m'appelle, en pleurs, me dit qu'il en avait totalement oublié le contenu. Voici le témoignage qu'il m'adresse dans la foulée :

« 2008. Après le succès de son album de duos, Michel cherchait un coauteur pour travailler avec lui. Il ne pensait pas spécialement à moi bien qu'ayant déjà collaboré avec lui sur la totalité des titres de l'album *Cadeau de Noël* en 1999. C'est Geneviève qui m'a rappelé au bon souvenir de Michel. En réalité, il ne voulait pas trop entendre parler de moi parce qu'il m'associait à Jean-Michel Rivat, son coparolier fétiche, coauteur de ses plus grands succès, mais avec lequel il était en froid à l'époque. Geneviève insiste et il se laisse convaincre. Les premières retrouvailles pour ce nouvel album, qui s'appellera *Sexa*, se font à l'été 2008. Il faisait beau. Nous étions dans le grand jardin de leur maison de Croissy. Geneviève a commandé des repas chinois et j'ai donné à Michel un texte que j'avais écrit pour la circonstance. Et pour renouer. Je n'étais venu qu'avec ce texte pour tout bagage. Aucun autre et aucune ébauche d'autres idées. Michel l'a lu et, relevant la tête m'a dit : "Ben dis donc, c'est pas très gai ce que tu veux me faire chanter." Je ne comprenais pas qu'il ne "s'enthousiasme" pas. Pourquoi lui avais-je soumis ce texte ? Pourquoi n'avais-je pas assuré le coup avec des paroles plus consensuelles ? Ou au moins plus gaies ? Je n'avais même pas conscience que ce texte – pour le moins "prémonitoire" – pouvait inciter Michel à choisir quelqu'un de plus "up" que moi pour réaliser son album. "On" avait dû me dicter ces mots de là-haut. Aujourd'hui, je me rends compte que je n'y étais pour rien. Et, ironie du sort, un an après la mort de Michel, je tombe sur ce texte resté "lettre morte". »

D'autres signes de Michel

Mi-avril 2016, j'ai ressenti un autre signe, très certainement imputable à Michel…

J'étais assise sur mon grand canapé face à la cheminée, non loin de la porte d'entrée, deux mètres tout au plus. N'arrivant pas à dormir ce soir-là, je regardais un film. À une heure du matin, j'entendis retentir la sonnette. Je regardai par le judas et demandai : « Qui est là ? », sans obtenir de réponse. Mais je sentis comme un glissement derrière la porte. Je l'ouvris vivement et regardai à gauche et à droite : pas âme qui vive. Je refermai à clé. Je me demandai comment d'éventuels visiteurs auraient pu avoir le temps de se dissimuler étant donné qu'il y a un porche et une allée à franchir avant d'atteindre la porte d'entrée. Pour réussir à se cacher dans le jardin, ils auraient forcément mis plus de temps que moi qui avais ouvert la porte à la volée aussitôt le bruit entendu.

Une demi-heure plus tard, le phénomène recommençait. Mais, cette fois, la sonnerie retentit plus fort. Et la troisième fois, vers trois heures du matin, on a sonné si fort que le bouton de la sonnette est resté bloqué, faisant retentir la sonnerie en continu.

De nouveau à la porte, je demandai : « Qui est là ? Qui est là ? » Mais après vérification, il n'y avait absolument personne. Je me décidai à appeler la police. Des agents arrivèrent cinq minutes plus tard et constatèrent que l'on avait dû appuyer avec force sur le bouton puisqu'il était resté enfoncé. Les policiers procédèrent ensuite à une ronde. J'étais quand même très perturbée puisqu'il n'y avait personne. Voilà qui était impressionnant. Avec une femme policière, une fois la sonnette réparée, nous avons essayé de la maintenir enfoncée comme elle l'était lorsque je m'étais résolue à appeler la police. Impossible !

Une fois les policiers repartis, j'ai eu du mal à m'endormir. Je suis allée dans la cuisine me préparer un thé et c'est à ce moment-là que j'ai entendu un grand claquement dans le salon. Comme un vase qui se briserait sous l'effet du gel. Je me suis précipitée près de la photo de Michel que je conserve toujours avec une bougie à piles, que j'avais changées l'avant-veille. Or, la flamme s'était « éteinte ». Ce claquement était peut-être un signe qui validait les trois sonneries de la porte, après tout. Peut-être servait-il à me faire évacuer le doute au sujet d'un rôdeur pour me ramener à une manifestation de Michel.

Marie-France, mon amie médium, m'a confirmé qu'il me faisait des signes dans la maison.

Elle l'a vu assis le même soir au pied de son lit, avec un gilet gris en cachemire à col en V, qu'il aimait beaucoup, et des pantoufles noires avec des taches blanches. J'étais stupéfaite d'apprendre ça. Pauline et moi ne supportions plus de le voir toujours avec ce même gilet et ces mêmes pantoufles tachées par des gouttes d'eau de Javel ! Il a dit à Marie-France que j'avais encore trop de chagrin et que dans ces conditions je ne pouvais pas l'entendre ni le voir. Il fallait que je m'apaise, et alors il me visiterait. J'ai aussi reçu le message suivant par le biais de Marie-France :

« Ma petite femme, tu ne me rejoindras pas tout de suite, tu as encore du temps sur Terre, moi j'ai choisi de partir. Tu dois t'occuper des autres. Et maintenant ton tour est venu d'être dans la lumière. »

Il va falloir que je m'aligne sur toi, Michel. Et là où tu es, tout est beau et absolu. Mais au rythme où vont les choses, pour te rejoindre un peu d'ici-bas, la technologie va peut-être réussir à transformer mon amour pour toi en une sorte d'ordinateur superpuissant. Il ne sera alors jamais obsolète, au contraire il deviendra le dernier modèle sorti, le plus performant, avec toutes les options possibles et imaginables, exaltation, fou rire, confiance accrue, compassion boostée, plages de tendresse… Le disque dur sera en diamant, on ne pourra pas faire plus dur. Les mises à jour se feront automatiquement, par un regard, un geste ou un sourire de toi. Les heures seront plus claires et je pourrai télécharger toute ton enfance pour me purifier, toutes tes peines et tes chagrins pour les réinitialiser en joies. Cet ordinateur n'aura jamais de bug et ses fenêtres seront toujours ouvertes sur toutes les merveilles du monde que tu activeras chaque fois que tu m'adresseras un signe.

Ma rencontre
avec Didier van Cauwelaert

Après avoir lu *Le don d'ailleurs*[1], Didier van Cauwelaert a souhaité me rencontrer. C'était d'ailleurs inconsciemment réciproque. J'aime l'écrivain. C'est un homme très courageux : témoigner sur des phénomènes surnaturels après avoir eu nombre de prix « classiques » pour des œuvres littéraires est un beau défi, le paranormal faisant un peu grincer des dents en France, suscitant parfois une moue aussi dubitative que méprisante. Je lui ai fait envoyer mon livre accompagné d'un petit mot. Il m'a avoué par la suite que c'était un petit miracle qu'il soit tombé dessus parce qu'il en recevait beaucoup et que son travail ne lui laissait que peu de temps libre.

Nous nous sommes donné rendez-vous à l'hôtel où Oscar Wilde est mort, un endroit qui m'est particulièrement cher. Au détour de la discussion, il me lance : « Il faut que vous vous serviez de ce don pour les autres, pour faire quelque chose, il ne faut pas en rester là. » Il me le répéta plusieurs fois, comme un message subliminal. Je ne voyais pas trop où il voulait en venir.

---

1. *Op. cit.*

Il m'a rappelée quelques jours plus tard pour que l'on se reparle. Il m'a alors proposé d'écrire un nouveau livre, qui serait une sorte de suite du *Don d'ailleurs*, qui irait plus loin, avec un propos plus étoffé et davantage de détails. C'est après cette conversation et grâce à lui que je me suis donc mise à écrire le présent ouvrage.

Einstein et Tesla

À la suite de cette rencontre, aux alentours de trois heures du matin, j'ai vu une silhouette au pied de mon lit, comme un hologramme. Elle apparaissait, floue, puis disparaissait avant de réapparaître plus nette. C'était un homme en veste grise d'une cinquantaine d'années, l'air rieur, qui ressemblait furieusement au prix Nobel Albert Einstein. J'ai alors entendu dans mon oreille gauche : « Je suis partout à la fois, c'est magnifique, et ma boussole a aujourd'hui cent trente-deux ans. »

Puis, un autre homme est apparu derrière lui. Il était maigre, assez beau et souriant, mais pas rieur comme le premier. Il était très grand, très brun, il semblait très doux, timide et gentil. Un long nez et une petite moustache, un col raide. Lui, je ne l'ai pas reconnu. Il a dit seulement : « Ma fille, demande à Didier de remercier pour moi Marco Metrovic. »

Dans la matinée, j'envoie un texto à Didier van Cauwelaert pour lui raconter ces apparitions qui, de toute évidence, lui sont destinées. Peut-être que ces deux messages auxquels je ne comprends rien auront un sens pour lui. Il me rappelle aussitôt. Et ce qu'il m'apprend me sidère ! J'ignorais qu'il avait écrit un scénario sur Einstein – plus particulièrement sur une médium harcelée par l'esprit d'Einstein ! Tournage prévu au printemps 2017. Et ce n'est pas tout ! Il me révèle un détail que seuls connaissent les gens qui ont travaillé sur Einstein : son père lui avait offert pour ses quatre ans une boussole, qui décida de sa vocation. Cette petite aiguille, subissant l'action magnétique d'une force à distance, a même été à l'origine de sa loi de la gravitation, comme le prix Nobel l'a écrit dans ses souvenirs. C'est dire si ce petit détail anodin en apparence, cette boussole qu'il a choisie comme signe d'identification, était pour lui chargé de sens et d'importance.

« J'ai vérifié les dates, enchaîne Didier. En effet, aujourd'hui, ça fait cent trente-deux ans que son père lui a offert la boussole. »

Quant au deuxième personnage, Didier me dit que ma description le fait penser à Nikola Tesla. Je ne sais pas qui c'est. Mais, le lendemain, en zappant, je tombe sur une émission parlant des automobiles électriques Tesla, où une photo évoque brièvement l'inventeur dont elles empruntent le nom. Je bondis sur mon téléphone : « Didier, l'homme que j'ai vu au pied de mon lit est en train de passer à la télé ! »

Il m'apprend alors que c'est l'un des plus grands inventeurs du monde. Mort dans l'oubli en 1943 à 86 ans, on lui doit notamment le courant alternatif, la radio, les rayons X, les drones, le principe d'Internet (brevet qu'il a déposé en 1896 !) et le secret de l'énergie libre : une électricité sans fil, inépuisable et gratuite qu'il puisait dans l'espace.

En revanche, le message qu'il m'a demandé de transmettre à Didier ne lui dit rien. De prime abord, l'écrivain pensait qu'il pourrait s'agir d'un chercheur, un continuateur des travaux de Tesla que ce dernier voudrait remercier pour cette raison, mais, sur Google, il ne trouve aucune trace d'un Marco Metrovic. Le moteur de recherche le renvoie vers Marko *Mitro-vic*, joueur de foot de 23 ans au FC Eindhoven. Quel rapport ? Didier essaie de joindre le club, mais Tesla revient brièvement, la nuit suivante, pour me préciser qu'il a bien dit *Metrovic* : inutile de déranger un joueur de foot.

Du coup, Didier renonce à chercher davantage cet inconnu introuvable : il a tout de même autre chose à faire ! Moi aussi, on le comprendra. Michel est à l'agonie, je passe tout mon temps à son chevet et, broyée d'angoisse, je ne pense plus à ces histoires de boussole et de joueur de foot. Fini, les revenants ! L'homme que j'aime est en train de partir. Je ne vois plus rien, je n'entends plus rien. Il n'y a plus que Michel, son visage devant moi, son silence et sa main dans la mienne.

C'est au lendemain de ses obsèques que l'hologramme de Nikola Tesla reviendra. Il se tient à sa place habituelle, il me dit : « La personne que j'ai citée est l'un des trois hommes serbes qui ont milité pour le respect de mes cendres à Belgrade. Laissez-moi en paix ! »

Est-ce à moi que cette dernière injonction s'adresse ? Mais c'est lui qui me poursuit !

Du coup, Didier tape dans la case de recherche : « Serbie/Tesla/cendres/Metrovic ». Et il tombe sur un blog serbe que Google lui traduit. Je suis parcourue de frissons quand il me rapporte le fruit de ses recherches : quelques mois plus tôt, le gouvernement serbe a décidé de retirer du musée Tesla de Belgrade les cendres de son héros national, afin de les exposer pour des raisons électorales au temple Saint-Sava, la plus grande église orthodoxe des Balkans. Alors, trois étudiants ont lancé une protestation sur Internet, sous forme de compte Facebook, avec tellement de pages de soutiens que le gouvernement a renoncé à « récupérer » l'urne. Le mot d'ordre de ce mouvement de défense ? *Ostavite Teslu na miru* : « Laissez Tesla en paix ». Son instigateur est un étudiant en économie qui s'appelle… Marco Metrovic.

À partir de là, presque chaque jour, les esprits de Tesla et d'Einstein vont me cribler d'informations, de révélations, d'équations et d'annonces de futures découvertes capitales. Notamment la détection des ondes gravitationnelles modifiant l'espace-temps, prédite par Einstein cent ans plus tôt, et que tous les scientifiques croyaient impossible. La révélation surprise de cette détection dans les médias sera qualifiée par Barack Obama de « plus grande découverte scientifique de tous les temps ». Un mois plus tôt, l'esprit d'Einstein, tout excité, me l'avait annoncée en avant-première, comme en atteste la date du texto où j'en ai fait part à Didier.

Une question m'obsède. Pourquoi nous avoir « choisis », lui et moi, pour cette révélation et tant d'autres qui vont suivre ? Y a-t-il une urgence pour les humains, pour la planète, de prendre en compte les informations venues d'« ailleurs » – de l'au-delà, d'un univers parallèle ou d'un inconscient collectif ? Plusieurs des annonces que j'ai reçues se sont d'ores et déjà révélées prémonitoires, exactes. Les autres le seront-elles ?

Didier van Cauwelaert rapporte toutes ces informations dans son livre *Au-delà de l'impossible*[1], où il raconte en détail, au jour le jour, de sa plume vibrante d'humour et d'émotion, l'incroyable aventure que nous avons vécue, et qu'attestent un grand nombre de témoins, scientifiques et autres. Voir dans les médias

1. *Op. cit.*

des savants aussi considérables que Nourédine Yahya Bey, physicien quantique, professeur à l'université de Tours ; Philippe Guillemant, docteur en physique du rayonnement, chercheur au CNRS ; ou Jean-Pierre Garnier Malet, docteur en mécanique des fluides, auteur d'une théorie révolutionnaire sur le dédoublement du temps, valider à la fois les informations reçues par mon canal médiumnique et le travail de vérification de Didier, est une surprise et une satisfaction qui a mis un rayon de soleil dans l'hiver de mon cœur. Michel était si blessé quand les gens rejetaient, caricaturaient méchamment ma médiumnité, ou simplement refusaient d'examiner les preuves qui étaient soumises à leur appréciation.

Puisque nous parlons de preuves... Un jour, Didier me demande d'essayer de prendre en photo l'un de mes « visiteurs », s'il l'accepte. Chose que je pensais impossible, puisque les apparitions sont très rapides, généralement floues et ondulantes. Mais une nuit, alors que Tesla m'apparaissait, il est resté statique au lieu de me parler comme il en avait l'habitude. Son image ne bougeait pas, n'ondulait pas. J'ai pris mon appareil, je me suis allongée au pied de mon lit et j'ai pris des photos... et ça a marché... Didier est désormais en possession de trois incroyables photos où les traits de Tesla se dévoilent progressivement, ressemblant à ses portraits quand il avait une soixantaine d'années.

À tous les rebondissements de ces mois de révélations, tous les phénomènes hallucinants que relate Didier dans son livre, j'ajouterai un tout petit détail qu'il n'a pas mentionné. Une nuit, je peinais à transcrire une équation (incompréhensible pour moi, comme d'habitude) que me dictait Einstein – un physicien révélera à Didier qu'il s'agit de l'équation de Maxwell-Lorentz, loi de l'électromagnétisme qui avait inspiré à mon « visiteur » sa théorie des ondes gravitationnelles. Comme j'avais envie de laisser tomber, de poser mon carnet pour me rendormir, l'apparition d'Einstein s'est soudain arrêtée de dicter pour me confier sur un tout autre ton, en allemand, sa langue maternelle : « *Du bist ein schönes Mädchen…* »

Comment traduire, en toute modestie ? Disons : « Tu es un joli brin de fille ». Quand je raconte ça à Didier, il me « rassure » en me disant qu'en effet, de son vivant, le prix Nobel était un chaud lapin.

« Apparemment, conclut-il, pince-sans-rire, il a de beaux restes… »

J'en suis ravie pour lui… Il n'empêche que jamais encore je ne m'étais fait draguer par un esprit ! En tout bien tout honneur, naturellement ; je ne suis pas dupe… C'était juste une gentille flatterie, pour m'inciter à continuer sa dictée de physique. Pour me redonner du cœur au ventre…

La trace sur le miroir

En avril 2016, une fois de plus, l'image de Nikola Tesla m'a donné un texte en clairaudience, que j'ai pris en note comme d'habitude. Didier van Cauwelaert, en faisant sur Google des recherches sur les noms cités dans ce message, est tombé sur l'extrait d'un livre d'une Américaine, Janis Heaphy Durham, qui s'intitule *La trace sur le miroir*[1]. L'histoire d'une veuve dans ma situation. Je me suis procurée aussitôt ce livre.

Le soir même, Nikola Tesla est revenu, très flou, me disant : « À demain. » Mais, le lendemain, rien. Je ne l'ai ni vu ni entendu. La journée est passée et, le soir, je suis allée prendre mon bain quotidien. Or, l'ouvrage autobiographique de Janis Heaphy Durham raconte l'histoire d'une femme qui ne croyait en rien de paranormal et qui, le jour du premier anniversaire de la mort de son mari, trouve dans sa salle de bains une trace sur le miroir embué. Une empreinte de main avec une forme caractéristique : celle de son mari. Elle a alors consulté des scientifiques aux États-Unis, qui ne sont pas parvenus à lui trouver d'explication. Chaque année, pourtant, elle voit cette trace apparaître sur le miroir, le jour anniversaire de la mort de son mari.

1. Hugo Doc, 2015.

Tandis que je faisais couler mon bain, provoquant un phénomène classique de buée, j'ai vu se former sur le carrelage, très nettement, l'empreinte d'une main longue et fine avec un pouce très long. Je l'ai photographiée, je l'ai envoyée à Didier. En retour, il m'a adressé une capture d'écran : la main de Tesla, photographiée par le savant lui-même, qu'il venait de trouver sur Internet.

Je n'en revenais pas. En découvrant cette trace, deux heures plus tôt, je n'avais pas fait le rapprochement avec Nikola Tesla. J'avais essayé de l'effacer, en vain. J'avais frotté, utilisé de l'eau de Javel : aucun résultat. Pourtant, cette main semblait une simple trace dans la buée ! Il n'y avait plus de buée et l'empreinte demeurait là, comme incrustée.

Mais, dès l'instant où je me suis dit, grâce à Didier, que c'était la main de Tesla, je suis retournée dans la salle de bains et... la trace avait disparu. Comme si mon interlocuteur demandait juste d'identifier l'origine de ce signe.

Bien que sensible à cette forme d'attention, je dois avouer qu'à la place de sa main, j'aurais tellement aimé, comme Janis Heaphy Durham, trouver dans la buée l'empreinte de mon mari...

1. Hugo Doc, 2015.

Karl Zéro
et *Le don d'ailleurs*

Pour rester dans le domaine des signes en lien avec la photographie, mon ami Karl Zéro a témoigné de mes facultés dans *Le don d'ailleurs*[1], rejoignant ainsi Michel à mon sujet, mais d'une autre manière. Je cite :

« Geneviève est extraordinairement forte en matière de voyance sur photo. Chaque fois qu'on lui montre un cliché, sans nom, sans légende, en étant certain qu'elle ne peut rien recouper par Internet ou autre, dans les trois minutes qui suivent, elle voit. Je l'ai testée plein de fois. Elle a un don extraordinaire que je n'ai jamais rencontré chez personne d'autre. »

Karl raconte ainsi avoir eu à tester mes facultés lorsqu'il était à Los Angeles, pour enquêter sur le célèbre producteur Phil Spector – qui avait produit entre autres l'album des Beatles *Let it be* – accusé d'avoir assassiné une certaine Lana Clarkson. Cette fille avait été tuée par arme à feu. Tout l'entourage du producteur jurait qu'il n'y était pour rien. Mais pour le Los Angeles Police Department (LAPD), il n'y avait aucun doute quant à sa culpabilité. Karl m'a envoyé une photo de la fille sans aucune indication. C'était une Américaine

1. *Op. cit.*

et les faits s'étaient produits presque vingt ans auparavant. Donc impossible que je puisse prendre des
repères. En retour, j'ai envoyé des SMS à Karl avec ce
que j'ai vu : un type très inquiétant avec une « chou-
croute » sur la tête… La fille de la photo travaille dans
un bar… Le type la ramène chez lui… Il joue avec un
pistolet, le coup part, elle est tuée. Il s'est avéré que
j'avais donné des détails stupéfiants qui corroboraient
tout quant à son assassinat.

En remontant aux premiers signes
de ma médiumnité

J'avais une dizaine d'années lorsque j'ai eu les premiers signes de mon pouvoir médiumnique. « La petite a le don ! » C'était surtout ma grand-mère qui le répétait à l'envi, et elle commença à alerter ses proches sur mon drôle de talent. Aujourd'hui encore, la médiumnité laisse bien des gens mal à l'aise. Il m'a souvent été donné de constater qu'ils sont effrayés par l'idée d'une autre vie, que celle-ci, terrestre, n'est qu'une étape. Alors je dis à ces personnes : mais enfin, vous n'êtes pas heureux de retrouver votre père, votre mère, votre frère ou votre sœur partis avant vous ? Eh bien non ! Cela les terrorise. Comme un film d'épouvante. Je suis sidérée de les voir préférer les asticots, la tombe et le néant à une vie de lumière et de retrouvailles spirituelles.

C'est bien pour cela que je considère tout ce qui peut dédiaboliser cette spécialité comme bienvenu. Il faut apporter de l'espoir à l'humanité. « Malgré elle », serais-je tentée de dire, malgré les superstitions, en référence à ce que je viens d'écrire plus haut. Notre mission, ajouterais-je, est de faire savoir qu'après la mort subsiste la conscience. Pour ne pas dire l'âme. Il est très positif que la science s'en mêle,

135

que la physique quantique commence à proposer des solutions, à apporter la preuve d'univers multiples, d'autres dimensions et à concrétiser ce qui apparaissait hier encore comme une chimère. Nous, les médiums, devons donner de l'espoir « sonnant et trébuchant ».

Je suis donc médium depuis l'enfance. Encore une fois, interrogeons-nous sur ce que cela signifie. Cela veut dire être une personne qui perçoit des phénomènes invisibles par des facultés autres que celles connues, épistémologiques, à savoir la science et la connaissance en général. Ce sont des facultés extrasensorielles, extraordinaires. Extraordinaires, par opposition aux phénomènes auxquels nous portent nos cinq sens, que nous percevons ici et maintenant. En revanche, ce que perçoivent les médiums ce sont des phénomènes qui ne se situent ni ici ni maintenant et qui vont advenir, prochainement ou plus tard, ou qui sont déjà passés.

Quelle est l'origine de ce don ? Est-il en chaque individu ? Est-il extérieur ? Je l'ignore. Ce que je sais, c'est que quelque chose se libère au fond de moi. Ce n'est pas une approximation. Ce que je sais, c'est ce que j'ai vécu. Réellement vécu.

C'est dans la douleur avec laquelle j'ai laissé mes deux aînés à leur père, lorsque j'ai rencontré Michel, que ma voyance « intensive » a vraiment commencé et ne m'a plus jamais lâchée. C'était comme si Michel avait pleinement révélé mon don, lui avait donné son épaisseur et son envol. Ces facultés pour le moins étranges m'ont procuré beaucoup de joies.

La spiritualité de la matière

Max Planck disait : « Pour moi qui ai passé ma vie à l'étude de la matière, voilà ce que je peux vous dire du résultat de mes recherches : il n'existe pas à proprement parler de matière. Toute matière tire son origine, et n'existe qu'en vertu d'une force qui fait vibrer les particules de l'atome, et tient ce minuscule système solaire qu'est l'atome en un seul morceau. Nous devons supposer derrière cette force, l'existence d'un esprit conscient et intelligent. Cet esprit est-il Dieu ? »[1]

On pourrait dire que la matière se spiritualise, que l'esprit se matérialise. Une sorte de conversion. Je suis sortie de cette expérience du Tout dans mon parc du Luberon, convertie. Re-convertie, devrais-je dire. J'avais la religion de mon baptême, de mon éducation, une religion « subie ». Mais je suis sortie de cette expérience avec une tout autre religion. Avec ma religion. Proche de l'animisme. Et ma vie a complètement changé. Et ce parce que j'étais dans une nouvelle alliance. Dans une nouvelle religiosité. Celle d'éléments. Et j'ai acquis une nouvelle force, une nouvelle

1. « La nature de la matière », conférence donnée à Florence, Italie, en 1944

dimension. Je dis tout cela avec distance et humilité. Parce que l'on pourrait croire qu'aujourd'hui je me sens différente et supérieure. Il n'en est rien, je vous l'assure.

Heureusement, aujourd'hui, et comme je le disais plus haut grâce à la physique quantique, la science est sur le point de prouver l'existence d'univers parallèles qui valideront ces facultés extrasensorielles et ces expériences. Mais beaucoup doutent encore. Les préjugés sur ces phénomènes paranormaux ont la peau dure. La superstition demeure. Et pour moi c'est dramatique.

À partir du moment où les médiums perçoivent ces phénomènes invisibles, il serait ridicule d'exclure de cet ordre de perception la communication avec les défunts. Et j'ai eu maintes communications avec des défunts et de nombreux signes après la mort de Michel.

Il n'y a pas de rupture entre les vivants et l'énergie de l'univers. Et il n'y en a jamais eu puisque nous faisons partie intégrante de cette énergie, elle est nous et nous sommes elle. Au moment de notre mort, nous sommes complètement au cœur de cette énergie. Notre mort appartient à l'univers. Une réminiscence porte l'âme du défunt à retrouver ce qu'elle a toujours été. De plus en plus nombreux sont ceux qui pensent, avec raison, que le corps physique de chaque être vivant n'est qu'une enveloppe, un cocon. Au moment de la mort, nous sortons de cette enveloppe pour retrouver la liberté.

Mon accompagnement

J'ai noté quelques réflexions sur la souffrance, sur la vraie vie, sur la mort, au moment de l'accompagnement de Michel au service des soins palliatifs. Je me suis liée d'amitié avec des malades. Je me suis posé la question de savoir comment mettre fin à la souffrance humaine. Comme les « grands initiés » ont pu le ressentir, j'ai eu l'immense privilège de comprendre que le besoin impérieux d'attachement à tout était à l'origine de la souffrance sur Terre. Avec ces deux grandes expériences de ma vie que furent l'expérience du Tout et l'accompagnement de mon mari en soins palliatifs, j'ai compris que seuls l'amour et la compassion étaient la solution. Où est Dieu dans tout ça ? Peu importe. Ce n'est peut-être « que » ça, Dieu. La véritable « information », au-delà des sciences et des mathématiques, c'est l'amour.

Au chevet de ces corps décharnés, de ces gens qui souffraient malgré la morphine et qui attendaient la mort, je me suis demandé comment mettre fin à la souffrance. Et j'ai compris que nous en arrivons tous là, parce que nous ne connaissons pas le détachement. Le véritable miracle, c'est de transformer l'esprit humain, c'est le miracle de la réconciliation. Ce n'est pas de marcher sur les eaux, de changer l'eau en vin ou de léviter à trente centimètres au-dessus du sol. C'est encore une fois la compassion. Or, nous l'avons vu, la compassion est le but ultime.

Suite à ces expériences, je ne me pose plus la question d'une vie après la mort. C'est pourtant celle que les hommes n'ont cessé de se poser depuis toujours. Ils ont apporté des réponses différentes, selon les siècles et les civilisations, mais la question reste entière pour l'être humain.

Notre conscience subsiste-t-elle après que le corps physique a cessé de vivre ? L'esprit est-il une partie de nous, de notre cerveau, qui cesse son activité en même temps que le reste de notre corps ? L'homme n'est-il rien de plus que ce qu'il paraît être ? Non, à l'évidence. Toutes ces interventions, avec leurs réponses et leurs conséquences, dorment en nous depuis la nuit des temps et demeurent dans les racines de la philosophie et de toutes les religions.

Heureusement aujourd'hui, grâce à la médecine et à l'ouverture des consciences, la question de la vie après la mort commence à être abordée différemment dans nos sociétés qui se sont acharnées à la fuir. Beaucoup de médecins, tels que Elisabeth Kübler-Ross, Raymond Moody, le neurochirurgien Eben Alexander ou Jean-Jacques Charbonier, ont fait fi de leur entourage et ont essayé de comprendre ce qui se passe dans l'au-delà au moment de la mort. Ils se sont intéressés à tous les phénomènes parapsychologiques, aux expériences de mort imminente et de survie de l'âme. La mort n'est-elle qu'un passage, une porte, une clé, un nouvel état de conscience pour celui ou celle qui a quitté son enveloppe corporelle ?

Février 2013

Après l'annonce du cancer de Michel, le temps suivit un autre cours. Deux, trois mois me paraissaient s'étirer interminablement. Rien n'était comme avant, tout prenait un sens nouveau. Que vais-je devenir sans lui ? Que faire de cet amour qui me laisse seule dans cet univers dont il ne fait plus partie ? Seule avec le pâle soleil d'hiver derrière les vitres, les arbres dénudés, dans notre appartement parisien ou au bord de la mer à Trouville. Seule avec lui, sans cesse. Toujours plus présent qu'il ne l'a jamais été. Mais sans voix, sans visage autre que ce que je garde en mémoire. Michel désormais habite en moi. Il a fait de moi sa tombe et son lit. Et tant que je vivrai, il sera plus vivant que ceux auxquels je parle désormais.

Céline disait dans le *Voyage au bout de la nuit* : « C'est peut-être ça qu'on cherche à travers la vie : le plus grand chagrin possible pour devenir soi-même avant de mourir. Eh bien, alors j'ai toutes les chances de devenir moi-même ; parce que le plus grand chagrin possible je l'ai trouvé. »

Michel était une immense partie de moi, une récompense imméritée et je l'ignorais. De même que nous oublions que c'est le Soleil qui nous réchauffe et nous éclaire. Son combat, entre l'espoir malgré tout de vivre, et l'abandon à ce qui lui paraissait l'inévitable, j'en étais le premier témoin. « C'est fichu », m'avait-il dit, peu de temps avant le soir du 2 janvier. Il était pourtant très attaché à la vie. Fait pour elle, avec une grande confiance. Sa foi était si absolue qu'il m'irritait parfois. Et maintenant qu'il était si cruellement trompé, il acceptait son sort avec un héroïsme qui m'emplissait d'admiration et d'une crainte indéfinissable.

J'ai appris que l'on sanglote comme on bégaie, les mâchoires tremblantes. Ce qui sort de vous c'est une pelote hachée, comme si vous ne pouviez plus respirer. Vous criez, vous haletez. Il vous semble que cela n'aura jamais de fin. Vous avez beau essayer d'y mettre du vôtre, mais voilà. Tout compte fait vous ne pouvez pas, vous ne voulez pas. Ce qui vous rattache à l'être aimé c'est votre douleur. Le jour où vous ne souffrirez plus, c'est alors qu'il sera vraiment mort. Pire encore ce sera comme s'il n'avait jamais vécu. Vous le repousserez dans le néant.

Christine et Michel

Mon amie Christine et Michel étaient de la même espèce, « inadaptés », artistes, souffrant de leur hypersensibilité, silencieux et mélancoliques. L'une avait mon amitié, l'autre mon amour. Cela les rapproche dans mon cœur. L'aube blanche, les tilleuls qui fleurissent en ce mois d'avril, le rose des maisons dans la verdure, la fraîcheur de l'air spongieux, les bois indistincts au loin, tout cela nourrit ma vie dans ma nouvelle demeure, mais aussi une mélancolie qui n'est pas sans charme. La mélancolie, « ce bonheur d'être triste », comme disait Paul Valéry. L'expérience que je vis est si particulière. Ce qui m'apparaît évident aujourd'hui sur ma terrasse c'est que, sous-jacente au perpétuel devenir, une unité demeure. La diversité se fait à partir d'une incroyable simplicité. Tout doit obligatoirement recommencer, dans des combinaisons toujours nouvelles, et sans cesse semblables. Lors de ces instants privilégiés, je suis aussi sûre de retrouver Michel que de voir le ciel en levant la tête. Ce chant de grâce qui retentit parfois en moi, quelles qu'aient été la fin et les souffrances qui l'ont précédé. Ce qui compte, c'est que j'ai eu l'honneur et le bonheur de le connaître et que je n'en ai pas été jugée indigne.

Il avait 69 ans

De temps à autre je fais mes comptes. Il avait 69 ans, 11 mois et 24 jours. Je ne le verrai pas dans son extrême vieillesse. Je resterai seule devant mon miroir à me regarder, toujours plus cruellement grimée par le temps. Je mets dans la colonne des crédits la proximité de ma propre mort. C'est ainsi que je cherche des remèdes. Je pense aussi à ceux qui se jettent par la fenêtre, au plus fort de la vague, à ceux qui se font sauter comme un roc, moi non, j'avance, ainsi qu'il me l'a ordonné. Il faudrait que peu à peu j'apprenne à me déshabituer de lui. Mais il est là, comme une blessure que le moindre étirement rouvre et fait saigner.

J'aimais ses deux visages. L'un gai, l'autre mélancolique. Très mélancolique, comme attendant le pire. Le pire a d'ailleurs fini par arriver. Aussi transparent qu'il fût, il recelait une part où nul n'a eu accès. Jamais. Des zones d'ombre où régnait une inquiétude diffuse, dont lui-même, je crois, ne comprenait ni le sens ni la cause. Volontiers ironique et taquin, avec un rire qui sonnait fort, et peu après, l'absence. Lumière et crépuscule alternaient rapidement sur son visage.

Je demande la permission d'aller en zigzag, laissant les souvenirs remonter au hasard. Les redites ont peut-être un sens vibratoire qui m'échappe. Un ordre qui

145

m'est inconnu. Je souhaite parler de Michel, comme il me vient ; reconstituer à la façon d'un puzzle, plutôt que d'un portrait trop logiquement dessiné. Ce qu'il perdra en netteté, il se peut qu'il le gagne en vérité.

Nous avons vécu longtemps ensemble, mais ces jours partagés furent trop brefs. Notre vie, à en juger par la manière dont nous vivions, était à la fois douce et dure par un quotidien que nous rendions un peu fou ! Nous repoussions les limites ! Pourtant, je souhaite que le plus grand nombre de couples vivent de tels instants.

Je n'ai jamais autant aimé Michel que lorsque la maladie me l'a livré sans défense. Rien ne m'apparaissait répugnant. Tout a été sanctifié par sa mort. Plus son abandon exigeait, plus il était heureux de me témoigner, pendant le peu de jours qui nous restaient, que rien de lui ne pouvait mentalement me rebuter, mais bien plutôt m'attacher davantage.

Je l'aimais, je l'aime et je l'aimerai. Sans vouloir parodier la chanson de Francis Cabrel. Mon amour pour Michel venait de très loin, du fond du ciel. Il s'incarnait dans le vivant et vivait sur nos chairs comme un torrent d'eau pure de montagne. D'amour pur. Il n'est pas nécessaire de croire en Dieu pour en ressentir les effets.

Jamais plus nous ne nous séparerons

Un jour, peu de temps après notre rencontre, nous nous étions donné rendez-vous sur les Champs-Élysées. Je rentrais d'un voyage de quelques jours. Je le vis s'avancer, souriant, la tête un peu penchée sur le côté. Et là, sur le trottoir, il me serra dans ses bras. Et il m'a dit : « Jamais plus, jamais plus, nous ne nous séparerons. » Ça ne pouvait désormais plus qu'être à la vie, à la mort. Ce fut la sienne.

Avec sa mort, comme lors de mon expérience du Tout, j'ose dire que je vis une nouvelle très belle expérience, bien que terriblement douloureuse. C'est un contact avec la lumière universelle, avec la Connaissance, avec l'information. Cette expérience a un nom : l'amour. L'amour inconditionnel, universel. L'amour sublimé dans toute sa force, dans toute sa splendeur. C'est un amour sans jugement aucun. C'est s'unir au cercle universel. Nul ne peut imaginer combien une telle expérience est une confrontation à un véritable séisme. Toute notre vie bascule. Car arrive le moment où il faut « redescendre sur Terre ». L'heure est venue d'effectuer la traversée en sens inverse. Et ce qui s'avère alors délicat c'est de reprendre sa place dans une vie ordinaire.

147

« J'ai eu le professeur Maylin au téléphone, il veut me voir de suite », me dit un jour Michel.

Je lui propose de l'accompagner, il me répond que ce n'est pas la peine pour ce simple aller-retour. Aussi ai-je appelé un taxi.

Mais il ne s'agissait pas d'une visite de routine. Michel m'a appelée de l'hôpital pour m'annoncer qu'il rechutait, qu'il allait falloir recommencer la chimio, les examens et les scanners. Bien sûr, j'ai compris.

Dans les huit jours qui ont suivi, il a été à nouveau hospitalisé à l'hôpital Saint-Louis. La grosse artillerie avait recommencé, avec une deuxième curiethérapie, le pauvre, bien plus violente et douloureuse que la première.

Les pleurs de Michel Drucker

Mai 2015. J'entends encore Michel Drucker jouer
son futur one man show au pied du lit de mon époux.
J'entends encore le rire de Michel, mon mari, le son de
ce rire un peu étrange dû à la transformation dans sa
bouche. Mon Michel lui donnait son avis. Je les laissais
alors seuls tous les deux, je ne me suis jamais imposée,
je ne suis jamais restée quand Drucker jouait son spectacle à Michel. Je savais qu'ils partageaient un moment
privilégié. Mais je revois Michel Drucker repartir en
pleurs chaque fois. Quoi qu'il en soit, Michel aura été
le premier à avoir vu son spectacle.

Et Michel, contre toute attente, est allé beaucoup
mieux. Il faut dire qu'il avait quand même une nature
de battant. Il s'est même remis d'une troisième septicémie très grave.
Les médecins ont décidé qu'il repartirait une nouvelle fois à Boulogne pour se reposer. Là-bas, il a fait
une autre septicémie, plus grave encore que les précé-
dentes, avec un arrêt cardiaque. Il s'en est sorti, mais
son état s'est considérablement dégradé à partir de ce
moment-là. Jusqu'au jour où j'ai demandé qu'on ne le
réanime plus si ça devait se reproduire.

D'ailleurs, Michel m'a dit un jour qu'il en avait assez, qu'il voulait que ça cesse. J'ai alors demandé aux médecins de l'envoyer en soins palliatifs. Michel était d'accord. Et il nous a quittés à peine une semaine plus tard.

Un dernier prix

Un mois avant sa mort, Michel a reçu une décoration de la part de l'État du Congo *via* son ambassade, la plus haute distinction qui pouvait lui être remise en tant qu'artiste influent. Michel était aussi le parrain d'une association d'orphelins que préside Maria Maylin, la femme du professeur. Pendant sa rémission, Michel était parti, très fatigué, chanter au Congo, rencontrer les orphelins. C'est formidable qu'il ait pu faire ce voyage.

Contre mon gré dois-je avouer, l'ambassade du Congo a organisé avec Maria Maylin et une journaliste de *Paris Match*, une remise de décorations. Michel ne tenait pas debout, il n'avait qu'une hâte : repartir se coucher. Mais il s'est quand même levé de son fauteuil pour recevoir sa décoration. J'étais là, derrière lui, ressentant avec un peu d'amertume cet hommage de bout de course. Mais je me suis dit que cette récompense lui faisait peut-être du bien, qu'il avait besoin de se sentir aimé et entouré. Après tout c'était sa vie, il a toujours aimé ça, il était à nouveau devant un public.

Un homme meilleur

Paradoxalement, en se détachant de la spiritualité et de la religion, Michel s'est amélioré sur le plan humain. Lui qui avait toujours été dans une quête religieuse pour devenir un homme meilleur – quête qui ne fonctionnait pas nécessairement quand il était en bonne santé – s'est détaché en affrontant ses souffrances de tous ses dogmes pour réellement devenir un homme meilleur. Il a vécu une prise de conscience impressionnante, sur le plan humain. Sans l'aide de prières. Ce qui ne veut pas dire qu'il ne croyait plus. Sa foi était là, mais il ne « l'amortissait » pas.

Après sa rémission, quand nous sommes rentrés de Trouville, il n'avait plus aucune force. J'ai des regrets, des remords terribles d'avoir essayé à tout prix de le faire sortir de son lit, de lui dire : « Va répéter, essaie de chanter, écris, marche un peu, fais des efforts. » J'ai cru qu'il pouvait en faire un peu plus. Aujourd'hui, je me rends compte de l'immense fatigue, de l'immense faiblesse de cet homme. Je regrette d'avoir insisté. Si je peux avoir un message à transmettre, c'est que lorsqu'on aime quelqu'un et qu'on l'accompagne tout au long de sa vie et de sa maladie éventuelle, c'est de se créer le moins de remords possible. Le sentiment de culpabilité découle de l'éducation judéo-chrétienne.

Mais les remords, c'est autre chose, nous en sommes envahis quand l'être cher nous quitte.

Michel ne regardait plus que des documentaires animaliers à la télévision sur une chaîne du câble. Les émissions de voyage et de découverte le fascinaient également. Pendant la première partie de sa maladie et au tout début de sa rechute, il avait dévoré des livres. Il a relu tous les classiques, à l'exception de Proust que je n'ai jamais réussi à lui faire lire. Il a lu et relu tous les auteurs russes et américains. Je lui ai fait découvrir Rousseau. Je l'entends encore me dire : « Que de temps perdu, j'aurais dû lire tout ça il y a longtemps… »

Toute sa vie, Michel se complaisait dans une sorte de dolorisme. Il aimait qu'on le plaigne, qu'on s'intéresse à lui, et pour cause ! Il ne supportait aucun bobo, aucune douleur physique. Pourtant, en affrontant sa maladie, il a été héroïque. En revanche, il a énormément souffert de sa déchéance corporelle. Quand le corps ne contrôle plus rien et que les infirmières venaient le laver…

C'est humiliant pour tout un chacun, surtout quand on a été un homme célèbre, adulé, envié, sex-symbol à vingt ans et toutes les filles à ses pieds. C'est un état d'autant plus insupportable quand on s'est entendu dire toute sa vie qu'on est beau, qu'on chante merveilleusement. Vomir noir et nauséabond comme ça lui arrivait est encore moins supportable.

Il a été coquet jusqu'à la fin. Il faisait attention, il voulait qu'on le coiffe, qu'on le rase. Mais lorsqu'il apercevait dans un miroir son apparence physique dégradée, il en souffrait énormément. Les derniers temps, il ne supportait plus de se voir dans la glace, il était terrorisé.

« Vous allez mourir de cette maladie »

Il n'a pris conscience de la fatalité de sa maladie que trois mois avant la fin, aux alentours du mois d'octobre 2015. Jusqu'à cette période, bien que conscient de la gravité de son cancer, il ne réalisait pas qu'il allait en mourir.

Je revois son regard quand les médecins sont venus à Neuilly et lui ont dit qu'ils allaient l'envoyer en soins palliatifs. Michel leur a dit : « Mais… les soins palliatifs, ça veut dire que je vais mourir, alors ? » « Oui, lui ont-ils répondu, vous allez mourir de cette maladie. Mais on ne sait pas quand. Ça peut prendre six mois, un an, comme ça peut prendre un mois, on ne sait pas quand. »

J'ai vu Michel devenir blême, et j'ai lu la peur dans ses yeux. Ses pupilles se dilataient. À ce moment-là, je l'ai pris dans mes bras et je lui ai dit : « Tu vas me manquer tellement ! Tu vas tellement me manquer… »

Il y a des images, comme celles-là, même fugaces, qui jamais ne s'estompent…

À présent j'attends

À présent j'attends. J'ai attendu toute ma vie, j'attendrai encore. J'ai longtemps été incapable de dire ce que j'attendais. Aujourd'hui la différence est que je sais ce que j'attends. J'ignore ce qui peut mettre fin à cette attente et quand elle prendra fin. Je vis au jour le jour, je vis le présent pleinement, mais il est éthéré et impalpable. Il y a désormais quelque chose d'absent qui me tourmente. Ce que j'attends, c'est de le retrouver. Dès le réveil, je cherche ce qui sera nécessaire à ma vie pour être la vie. Un peu de joie ou de gaieté. Quand je suis enjouée, Michel est là, je le sens.

Seigneur, pourquoi avoir fait la mort ? Ce sont les défunts qui me répondent : parce que notre paradis est si merveilleux, si étincelant, que le manque de la vie terrestre ne s'y fait pas sentir. Finalement, Seigneur, vous avez du génie.

Encore des signes de Michel

Voilà plus d'un an que Michel nous a quittés. Au bout de trois mois, j'étais surprise de ne plus avoir de signes. J'en ai beaucoup eu au début pourtant, et je ne comprenais pas pourquoi je n'en avais plus. Jusqu'au jour où une amie, Michelle, grande magnétiseuse, m'appelle. Elle conduisait, elle était dans le Sud près de Marseille. Elle me dit : « Nine, j'ai vu Michel cette nuit, il m'a parlé, tu étais dans un globe très lumineux, comme du cristal, il était au-dessus et me disait : "Je vois le chagrin de ma femme et elle ne peut pas me voir parce qu'elle est trop dans la peine." »

J'ai fait ensuite l'expérience de synchronicités inouïes. J'ai appelé une amie un soir en larmes, Nelly Morgan, la femme de Claude Morgan, un compositeur qui a écrit pour Michel deux chansons magnifiques : « Tu me fais planer » et « J'étais un ange ». Il fut lui aussi omniprésent pendant la maladie de Michel. J'appelle Nelly à minuit. En vingt ans, j'ai dû l'appeler deux fois. Elle me dit : « C'est fou, je viens juste d'écouter une chanson de Michel. Elle vient de se terminer. »

Claude, son mari, lui a dit que Michel était venu le visiter à plusieurs reprises durant la nuit, lui disant qu'il allait bien.

159

Dans un rêve, Michel me montrait où il était, c'était lumineux, mais il me désignait un paysage beaucoup plus loin, très lumineux, en me disant qu'il pouvait y aller un peu, mais que pour le moment il ne pouvait pas y demeurer. « Je suis en apprentissage, m'a-t-il dit. Je vais bientôt accéder à ce stade, mais pas pour le moment. »

Je suis très proche de Jean-Jacques Charbonier avec lequel je fais des conférences. Pour moi, c'est un saint homme.

Un soir qu'il était de garde à l'hôpital de Toulouse où il est médecin anesthésiste-réanimateur, je lui ai téléphoné depuis Paris et nous parlions de Michel quand la lampe de son bureau s'est éteinte puis rallumée plusieurs fois d'affilée. Lorsque nous cessions de parler de Michel, la lampe se fixait, mais dès que nous abordions à nouveau son cas, elle s'éteignait puis se rallumait…

Au cours du mois de juin 2016, j'ai de plus en plus ressenti la présence de Michel, comme aux tout premiers jours de son départ où j'avais l'impression que j'allais le voir tant je le ressentais. Par exemple, tandis que j'étais en voiture et que je tournais pour trouver une place, et je me disais : « Allez, maintenant il faut m'aider, Michel. » Et hop, une place se libérait sous mon nez. Autre exemple : lorsque je cherche un livre. D'habitude je passe un temps fou à mettre la main sur l'ouvrage désiré, j'ai une si grande bibliothèque. Je lui demande alors : « Tu peux me montrer où est le livre ? » Et je le trouve immédiatement. Comme par hasard, il dépasse de quelques millimètres de la rangée.

Je suis en communication permanente avec lui. Il m'aide vraiment. J'ai fait un jour un voyage pour participer à une conférence avec le docteur Charbonier à Toulouse. Dans l'avion, j'ai « vu » Michel passer parmi les entités lumineuses qui me guident et me rassurent.

Tous les médiums m'ont dit qu'il allait beaucoup communiquer avec moi par écriture automatique. J'ai un peu peur de ce face-à-face. Je ne me suis pas encore vraiment mise au travail, mais je vais le faire, et je sais que je vais avoir de très beaux messages.

Dans mes premières heures de deuil

Dans mes premières heures de deuil, j'étais comme une petite fille perdue, j'étais dans une autre dimension. Le médecin m'a demandé d'aller chercher de beaux vêtements pour habiller Michel. Nous habitions à deux cents mètres à vol d'oiseau. Quand je suis rentrée, j'ai dit à Rhama : « On ne peut pas lui mettre les chaussures, elles n'ont pas été cirées, il ne faut pas qu'on le voie avec des chaussures pas bien cirées. »

Le médecin m'a pourtant assuré que ce n'était pas grave, qu'on ne verrait pas les chaussures dans le cercueil. Mais j'insistais : « Vous ne vous rendez pas compte, mon mari n'est jamais monté sur scène avec des chaussures pas cirées, enfin ! »

Je voulais qu'il soit préparé comme pour rencontrer son public. J'ai alors considéré sa veste et j'ai pensé qu'elle n'était pas assez chaude, qu'il allait prendre froid dans les étoiles.

Je voulais qu'il revienne. Je m'accrochais à son corps, je lui disais : « Reviens, Michel, reviens ! Il ne faut pas que tu partes. » J'étais complètement désemparée.

Ensuite, je ne sais plus trop ce qu'il s'est passé. Je crois que je suis allée « manger chinois » dans la cuisine de l'hôpital. Les enfants m'ont fait déjeuner.

Manger dans un réflexe de survie. Je ne savais plus où j'en étais.

On s'attache à des futilités dans des moments comme ceux-là, ces moments qui nous dépassent. Je me demandais par exemple si j'avais les ongles bien faits pour l'inhumation. On s'accroche à des repères du quotidien. Et l'être cher n'est plus qu'un écheveau de fils chargés d'informations, de sentiments, de projets, de passé commun et on ne sait plus à quoi les raccorder, à quelle réalité. Il n'y a plus de réalité. On ne sait plus ce qu'est la vraie réalité.

Quelqu'un m'avait dit que la douleur arriverait dans un second temps. Cela s'est vérifié. Le jour de l'enterrement, suite aux hommages et une fois les amis repartis, la grande douleur est arrivée.

Durant cette période de l'après, même invitée par des amis, je me sentais seule. Désespérément seule. La prise de conscience est la véritable douleur.

Six mois plus tard, j'étais très loin d'en être sortie.

Tu ne me veux pas
en veuve éplorée

Je sais que tu ne me veux pas en veuve éplorée, Michel, que tu ne me veux pas toute desséchée de larmes ou rabougrie par le désespoir de ton départ. Non, tu veux que je sois libre, que je séduise sans entraves. Tu considères, je le sais de toute ma médiumnité et de toute notre complicité, que c'est encore la plus belle preuve d'amour que je puisse désormais encore te donner. Une preuve d'appartenance qui peut pourtant paraître paradoxale. Cette « inclination » ne vient pas d'un côté joueur que tu te serais découvert dans l'astral. Elle vient de ce qui émane de moi et que tu encourages par-delà les nuages. Ma liberté n'est pas un libertinage et ma propension à séduire n'est pas égoïste. Je te la donne. Et ma fidélité n'en est que plus précieuse. C'est dans tes hauteurs que je culmine chaque jour par l'amour que tu m'as donné, que tu me donnes et que tu m'inspires. Si je ne deviens pas folle dans cette tendance à l'avilissement de la femme veuve, dans cette propension morbide de la société à vouloir la soustraire aux regards comme une maladie purulente, dans cet entendement en creux, tacite de la domination de certains hommes, pauvres types issus d'un autre âge, sur elle, c'est que tu m'insuffles la conduite à adopter.

Je sais que tu aimes que je « force le trait » dans ma vie de femme, dans la séduction délibérée, parce que le danger plane. Parce que la femme n'en est même plus à entrer en résistance, mais à se sauver. Dans les deux sens du verbe : fuir et se préserver.

L'inhumation. L'hommage

En fin de compte, je n'ai pas appelé mon fils Pierre par hasard. Pierre le roc. Lors des préparatifs de la cérémonie, je ne savais plus où j'étais. Il prenait les décisions, donnait les accords, répartissait les rôles. Moi, j'étais en vérité occupée à m'attacher à des petits détails qui me maintenaient en vie.

Didier Barbelivien a offert le livret pour la liturgie, avec la photo de Michel. Je me souviens aussi que ce sont des motards qui nous ont accompagnés du Mont Valérien à l'église Saint-Sulpice, nous faisant remonter l'avenue de la Grande Armée, traverser le rond-point de l'Arc de triomphe, puis descendre l'avenue des Champs-Élysées. Les motards précédaient la limousine qui transportait le cercueil de Michel.

Je me souviens de tous ces gens, de tous ces journalistes, je me souviens que certains essayaient de toucher le cercueil. Mais c'est lorsque l'on a descendu celui-ci en terre que la véritable douleur a commencé. Il faisait froid, gris, c'était l'hiver, et tous mes amis présents me l'ont confirmé, il y a eu à ce moment-là un rayon de soleil inouï, sorti violemment des nuages tel un rayon laser, rayon qui a touché le cercueil, l'accompagnant jusqu'au fond de la tombe. Mes amis en sont témoins et m'en parlent encore. Voilà ce qui émerge

de ma mémoire, de mon abasourdissement de la cérémonie. La suite ? Je ne m'en souviens plus.

Je rends donc hommage à mon fils Pierre, Pierre
le roc, à mes autres enfants qui m'ont assistée, présents, aimants, Garance, la fille de Michel… Pauline,
ma belle, elle aussi particulièrement bouleversée. Elle
entretenait un lien très particulier avec Michel, qui
l'adorait. Il n'était pas son père biologique, mais elle le
considérait comme son vrai père. Et Emmanuel notre
fils à tous les deux qui est son clone. Froid, étrangement absent. Il ne montrait aucune émotion. Mais cela
cachait quelque chose de plus fort. C'est un grand
musicien compositeur. Aujourd'hui, il a besoin d'aide
pour continuer son chemin de vie.

Nouveau déménagement

J'ai déménagé. J'ai quitté l'appartement de Neuilly où j'avais soigné Michel pendant un mois. Je ne pouvais plus y rester. Je dois avouer que je n'ai pas beaucoup aimé Neuilly. Certes, j'appréciais le jardin de Bagatelle, la roseraie. Mais j'ai eu besoin de retourner là où nous avions habité une si jolie maison, du côté de Villennes-sur-Seine, ville où Emmanuel est né, où il a grandi, où nous avions nos animaux, et des milliers de roses. J'ai eu besoin d'y retourner. Avec mon amie Sandrine, ma filleule Jeanne, le filleul de Michel, Adrien. J'avais besoin de retrouver cette ambiance familiale. Avec Sandrine, nous sommes parties à la recherche d'une maison. J'en ai très vite trouvé une qui me plaisait. C'est la plus humble des maisons que j'ai pu avoir. J'ai connu des manoirs, des châteaux et d'autres demeures sublimes, mais dans cette maison, je suis en paix avec moi-même. Je sais que Michel s'y serait plu. Je l'ai entendu par clairaudience me dire que j'avais fait le bon choix, que cette maison était apaisante et inspirante. Marie-France a d'ailleurs eu exactement le même message de la part de Michel. Je sais qu'il l'aime, donc je l'aime et j'y suis bien. Bien que ce soit dans cette maison que la véritable douleur ait commencé. Quand je suis seule le soir, ou quand je conduis et que je passe à côté d'endroits où nous avons été heureux, ça m'arrache des cris, des hurlements.

Parmi les amis qui ont été omniprésents et qui le sont toujours, je voudrais rendre un hommage particulier à Dominique Besnehard pour sa fidélité, son amour pour Michel, sa gentillesse et sa disponibilité malgré un emploi du temps très chargé. Dans ce milieu du cinéma et du spectacle, c'est rare d'être doté de telles qualités humaines. Il est d'une fidélité à toute épreuve. Merci Dominique, pour tout ce que tu as fait pour Michel. Et tout ce que tu fais pour mes enfants et pour moi.

Ma première séance d'hypnose

20 juillet 2016. C'est une maison bleue, accrochée à la colline… Je suis invitée par le docteur Jean-Jacques Charbonier et sa femme Corinne en Ariège, où ils vivent dans une maison sous les arbres. À la demande de Jean-Jacques, j'ai participé à des conférences avec lui pour témoigner de nos expériences. Pour sa part, c'est un grand spécialiste de la « *Near Death Experience* » (NDE). Bien qu'il ait été auparavant un médecin cartésien, pragmatique, presque matérialiste, tout a basculé du jour au lendemain – il le raconte dans ses nombreux livres – en raison de ses expériences auprès de malades ayant vécu ces NDE. En outre, Jean-Jacques est devenu un spécialiste de l'hypnose. Pendant ces séances, il aide les personnes qui ont perdu un être cher à entrer en contact avec le défunt.

Le surlendemain de mon arrivée, je lui ai demandé de m'hypnotiser à titre privé, et il a bien sûr très gentiment accepté. Je suis montée dans une jolie petite chambre bleue, je me suis confortablement installée dans un fauteuil, dans la pénombre, et Jean-Jacques s'est placé sur ma gauche. Il a commencé à me parler d'une voix que je ne lui connaissais pas, une très belle voix grave, un peu monocorde, très douce. Après m'avoir demandé de me détendre, de lâcher prise, il m'a proposé un voyage. Et ce voyage fut sublime. J'ai rencontré Michel qui m'a prise dans ses bras. Il était vêtu d'un costume de lin beige, élégant, il était rayonnant, souriant, beau comme quand il avait quarante, quarante-cinq ans. Il m'a parlé de mes enfants, m'a expliqué comment il fallait que je donne l'amour que j'avais en moi, sans me disperser. Quand le docteur Charbonier a commencé sa séance d'hypnose, j'ai eu l'impression de sortir de mon corps par le haut de ma tête, comme par une spirale blanche qui s'ouvrait. Et je ne sentais plus mon corps, je me suis vue au-dessus de ma tête, au plafond, ensuite je l'ai traversé et je me suis retrouvée dans l'atmosphère et la Terre a diminué jusqu'à devenir un petit point bleu. Puis plus rien. Et j'ai traversé un noir intense, je ne voyais même pas les étoiles, et très, très loin de tout petits points lumineux sont apparus jusqu'à ce que je trouve effectivement Michel.

J'étais assise sur un banc et Michel est apparu, d'abord une silhouette lumineuse, puis petit à petit sous sa forme physique à la quarantaine. Il m'a expliqué comment donner l'amour d'une façon juste, et m'a indiqué aussi la route que nous avions prise la veille dans la montagne, Corinne, Jean-Jacques et moi. J'ai reconnu immédiatement cette route, je la voyais défiler d'en haut, et Michel me disait qu'il était avec moi à ce moment-là. Ensuite, je me suis fondue avec lui dans une boule de feu qui ne brûlait pas, mais qui était intensément lumineuse et chargée d'amour. J'étais bercée dans les bras de quelqu'un qui avait un amour inouï pour moi. Michel était là, mais je ne le voyais plus. Enfin, j'ai réintégré mon corps avec douleur. J'ai senti toute la lourdeur de le « récupérer ». Je pleurais, bouleversée, je n'oublierai jamais cette expérience. Elle m'a rappelé l'expérience du Tout que j'avais faite en Provence, quand je me suis confondue avec la nature, mais là, j'étais allée encore plus loin. Ou disons plutôt que c'était encore autre chose.

Ce que fait Jean-Jacques est fabuleux. Je ne le remercierai jamais assez de m'avoir fait rencontrer Michel.

J'aimerais m'adresser au temps en ces termes : « Monsieur le Temps, je sais que tu n'es pas censé jouer en faveur des êtres. Scientifiquement, on dit qu'un visage, par exemple, nous paraît vieilli avec les années, parce qu'il est la copie de la copie de la copie de la copie de ce qu'il était en pleine jeunesse. Mais là où je suis plus forte que toi monsieur le Temps, c'est que les copies des copies des copies des copies de mon Michel s'inversent vers l'éternelle jeunesse, tout du moins vers cette image que j'ai eue de lui quand je l'ai retrouvé lors de la séance d'hypnose du docteur Charbonier. Avec mon mari désormais, monsieur le Temps, tu perds le tien. Et moi aussi avec. Faut que tu ailles semer l'angoisse ailleurs, chez les accros aux cosmétiques, au fitness et aux rondelles de concombre sur les yeux. Michel et moi on se moque de toi maintenant, puisque nous nous retrouverons un jour lui et moi. Et sans toi. Alors nous te laissons éroder les montagnes, patiner les meubles et faire vivre les marchands de chronomètres, nous n'avons plus rien à faire avec toi. Et quand, femme, je me confronte à toi devant ma glace, monsieur le Temps, tu sais, je vois les montres molles de Salvador Dali en surimpression. Alors tu peux partir. »

Jean-Jacques et Corinne Charbonier

Lors de mon séjour chez Jean-Jacques et Corinne, nous sommes allés visiter un château cathare. Nous roulions dans sa voiture vers le château de Puivert. Corinne était assise à l'avant, à la droite de son mari au volant. Quant à moi, je me tenais derrière avec leur chienne. Nous nous sommes arrêtés dans une pharmacie pour acheter des bricoles, et lorsque je suis remontée dans la voiture, j'ai vu très distinctement à ma droite une femme d'environ quarante-cinq ans, un visage au front bombé qu'elle a tourné vers moi me laissant voir des yeux très clairs. Et elle m'a dit : « Berveillé. » J'ai dit à Jean-Jacques et Corinne : « Il y a une femme aux yeux clairs à côté de moi qui me dit : "Berveillé." »

J'ai vu Corinne se tasser sur son siège, mettre son visage dans ses mains et dire : « Mon Dieu, mon Dieu ! C'est Chantal ! » Et cette femme aux yeux clairs que je voyais sur ma droite m'a alors dit : « Il y a des prières et des fleurs à Luzèche. » Puis elle a disparu.

Jean-Jacques et Corinne étaient bouleversés. J'ai appris qu'en 2012 Corinne avait perdu sa sœur de cœur, Chantal. Cousines germaines, elles avaient été élevées et avaient grandi ensemble. Chantal était morte d'un cancer du poumon. Comme mon amie Christine.

Je ne connaissais Jean-Jacques que depuis quelques mois, j'ignorais tout de la vie de sa femme, et *a fortiori* de sa cousine germaine. Or, il s'est avéré que le nom d'épouse de cette femme que j'ai « vue » était Berveillé. Et qu'elle est inhumée à Luzèche, dans le Lot.

J'étais complètement troublée et le docteur Charbonier m'a dit : « Je t'avoue que Corinne attendait des signes de sa sœur de cœur depuis toujours, et elle m'a dit avant que tu arrives : "Eh bien qui sait ? Avec l'arrivée de Geneviève, on aura peut-être des nouvelles de Chantal." »

Nous avons ensuite appelé le mari de Chantal. Il nous a confirmé qu'il avait des signes hors du commun de sa femme depuis sa mort. Et le jour où j'ai vu sa femme, il avait eu un signe d'elle alors qu'il n'en avait plus depuis quelque temps.

Le dernier jour de mon séjour, Jean-Jacques et Corinne m'ont raccompagnée à la gare de Toulouse. Nous nous sommes installés une nouvelle fois dans leur voiture. Cette fois-ci, c'est Corinne qui conduisait. Moi, j'étais devant à ses côtés tandis que Jean-Jacques était à l'arrière avec leur chienne, Zaza. La radio fonctionnait et diffusait à ce moment-là la chanson de Nino Ferrer intitulée : « Le Sud ».

Je parlais à Corinne et Jean-Jacques de la photo que j'avais réussi à prendre de l'apparition de Nikola Tesla, à la demande de Didier van Cauwelaert. Et je leur ai dit : « J'ai voulu prendre une seconde photo, mais ça n'a pas marché. » À cet instant, la chanson de Nino Ferrer s'est arrêtée une seconde, et nous avons tous les trois entendu une voix de femme dire, d'un ton un peu effronté et ferme : « Si, ça a marché ! »

Vous imaginez nos têtes à tous les trois dans cette voiture sur l'autoroute qui nous menait à Toulouse… Lorsque j'ai raconté l'événement à Didier, il a recherché et retrouvé sur son téléphone la photo toute noire que je lui avais malgré tout envoyée. Il l'a agrandie et a découvert un champ d'étoiles, une galaxie. Quel sens faut-il donner à ce prodige ? Didier a émis plusieurs hypothèses dans son ouvrage, *Au-delà de l'impossible*[1].

---

1. *Op. cit.*

Dates diverses

Juillet 2016

J'étais en compagnie de Francis, le parolier de Michel passionné de courses de chevaux, à Deauville. J'étais à la recherche d'un appartement et cet ami m'aidait dans mes recherches. Je m'aperçus que j'avais reçu un appel de Didier van Cauwelaert. Je m'isolai pour le rappeler pendant que mon ami regardait une course sur la chaîne hippique. Je me rendis donc dans une pièce à côté pour rappeler Didier, qui ne répondit pas. Je coupai la tonalité avant que le répondeur ne se déclenche, puis je retournai au salon. Didier me rappela dans la foulée et me dit :

« C'est quoi ce message que tu m'as laissé ? »

« Quel message ? Je n'ai laissé aucun message… »

« Si, une voix d'homme qui disait quelque chose comme : en matinée ou en soirée. On aurait vraiment dit la voix de Michel. »

Il me fit écouter le message qui me bouleversa. Mais pourquoi passait-il par le répondeur de Didier ? Que voulait-il dire ? Que d'éventuels contacts avec lui pourraient avoir lieu le matin ou le soir ? L'avenir me le confirma.

Jeudi 4 août 2016

J'étais allongée sur mon canapé, je lisais, mon chat allongé sur mon ventre. Je communiquais avec lui, il me répondait par des miaulements. Il ne se livrait à ce genre de « dialogue » qu'avec des gens très proches. Je l'avais recueilli à la SPA et il avait très certainement dû être maltraité.

J'entendais des bruits dans l'escalier, sur ma droite. Des bruits assez doux. Je me disais que c'était peut-être Michel. Tout à coup, le chat se redressa sur mon ventre, regarda vers l'escalier les oreilles pointées en avant, yeux grands ouverts, et il commença à communiquer avec l'invisible dans l'escalier. J'ai su à cet instant, du fond de mon être, que c'était Michel.

Le contraste est important entre l'attitude envers la mort des moines bouddhistes, par exemple, ou des animistes africains et celle adoptée en Occident. Malgré nos prouesses technologiques, la société moderne occidentale ne comprend pas vraiment ce qu'est la mort ni de ce qui se passe pendant et après celle-ci, ce qui nous la fait craindre, alors que d'autres cultures parviennent à l'aborder avec sérénité. En Occident, on apprend à nier la mort et à croire qu'elle ne représente rien de plus qu'un anéantissement et une perte. Ainsi, la majeure partie du monde vit soit dans le refus de la mort, soit dans la crainte qu'elle inspire. On considère même qu'il est morbide d'en parler et bien des gens croient que le simple fait de l'évoquer risque de l'attirer.

Vendredi 5 août 2016

« Tu dépenses trop ! »

La voix de Michel a clairement retenti dans ma tête. Et voilà que mon lave-linge me lâche ce jour-là. Je téléphone à un dépanneur électroménager. Il me dit qu'il va passer le lendemain dans la matinée. Je vais me coucher. Puis, aux alentours de cinq heures du matin, j'entends sonner à ma porte. Ne sachant si c'est encore la nuit ou le matin, je pense que c'est le dépanneur. Je me rends à la porte, évidemment il n'y avait personne... vu l'heure. Et si c'était un signe de Michel pour que ce dépanneur ne passe pas ? Je vais à ma machine à laver, j'appuie sur « Marche ». Elle fonctionne de nouveau. Voilà le signe. Pas d'argent dépensé inutilement par ces temps difficiles. Je me recouche en me disant que je devrais laisser un message sur la boîte vocale du dépanneur pour annuler. Mais je m'endors et lorsque je me réveille, je l'appelle en catastrophe pour lui dire de ne pas venir. Il me répond qu'on l'avait déjà prévenu. J'étais si sidérée que je n'ai pas eu la présence d'esprit de lui demander qui l'avait mis au courant.

Prise de recul

Marat a dit à Robespierre et à Danton : « Je sais la nouvelle que vous saurez seulement demain. J'ajouterai : ou sans doute jamais. »

Le fait de voir, ce don si particulier, n'est pas toujours facile à vivre. Par exemple, je me souviens de Pauline Lafont.

Nous étions à Nice, Michel et moi. Nous étions « descendus » sur la Côte d'Azur pour l'enregistrement d'une émission qui lui était consacrée.

Les enregistrements d'émissions sont toujours lents, longs et épuisants. J'avais donc décidé de rester à l'hôtel afin de profiter de la piscine.

De retour dans ma chambre d'hôtel, j'ai mis les informations et j'ai entendu que la jeune actrice, Pauline Lafont, la fille de Bernadette, avait disparu depuis la veille et que des recherches étaient en cours.

Allongée sur le lit, j'ai vu soudain la jeune femme au fond d'un ravin, sur la gauche, à quelques centaines de mètres à peine de la grande maison familiale où elle passait des vacances.

Je ne connaissais ni Bernadette ni sa fille et savais encore moins où se trouvait cette maison. Mais lorsque Michel revint, je lui fis part de ce que j'avais entendu aux infos et de ma vision.

« Michel, je sais exactement où est Pauline Lafont.

— Je connais David son frère, me dit-il. Je l'appelle. »

Son frère nous propose aussitôt de venir les rejoindre, et nous voici partis pour la Lozère.

Nous arrivâmes sous un ciel noir et orageux dans un endroit à la fois aride et magnifique. Une sorte de bout du monde. La grande demeure, austère et lugubre qui appartenait à la mère de Bernadette Lafont, se dressait fièrement sur une montagne.

On me conduisit dans la chambre de la jeune actrice et je me saisis d'un objet lui ayant appartenu, en l'occurrence, une chaussure. C'est à ce moment-là que j'ai ressenti une douleur très vive au niveau des jambes. « Elle va très mal. Elle appelle au secours mais faiblement. Il faut faire très vite », ai-je dit. Puis je fus prise d'une hémorragie comme celle que toute femme peut avoir. Mais beaucoup plus forte que d'habitude. Je perdais beaucoup de sang. Du sang, du sang, du sang. Je sentais que je m'affaiblissais. J'ai lancé à la volée : « Faites vite ! il faut faire très vite. Oh mon Dieu, elle est là, elle va mal, très mal, elle n'est pas loin. » C'est alors que la grand-mère, la mère de Bernadette Lafont, grande femme autoritaire, frappa violemment de son poing sur la table de la cuisine et me dit en hurlant : « Taisez-vous ! »

Je ne lui en voulais pas d'avoir cette réaction. Tous ces appels de soi-disant radiesthésistes et autres médiums, qui annonçaient qui un enlèvement, qui une demande de rançon et moi, en face d'elle, qu'elle ne connaissait pas, qui annonçait le pire… peuvent agacer. Quel droit ont-ils de dire ce pire que personne alors ne veut entendre ?

Je continuais à me vider de mon sang. Mais face à cette violence et à ce déferlement d'annonces que je trouvais ridicules, j'ai demandé à Michel de fuir. « Ils ne me croient pas. Je vais mal. Partons », lui ai-je dit.

Nous sommes donc partis. Une cinquantaine de kilomètres plus loin, je n'avais plus rien. L'hémorragie avait cessé, je me sentais mieux et nous rentrâmes à Paris.

Le corps de Pauline Lafont fut retrouvé l'hiver suivant par un chasseur. Elle était tombée dans un ravin, à gauche en sortant de chez elle et s'était brisée les deux jambes.

J'appris des années plus tard, que Bernadette Lafont, sa mère, se confiant à un ami, lui avait dit combien elle regrettait de ne pas m'avoir écoutée...

Je me souviens qu'après l'expérience du Tout dans ma maison du Luberon, l'heure de la réflexion et des choix de vie avait sonné. À ce stade de cheminement, cette situation nous confirme les propos des plus grands sages. Et peu importe leur appartenance, philosophique ou religieuse. Le fait d'être simplement vivant sur cette terre est pour l'instant suffisant pour comprendre. Le fait de vivre en harmonie avec soi-même en disant non au paraître, aux apparences et aux divers conditionnements est une règle d'or essentielle qui résume mon expérience.

Mais vivre après une telle chose qui s'apparente à une NDE est douloureux. Car après une forte prise de conscience, de connaissance, d'empathie et de compassion envers chaque élément vivant de notre univers, une sensation extrême d'exil et de manque surgit.

Si les transformations radicales de ma vie ont mis un certain temps avant de se mettre en place, il en est une, immédiate, à laquelle nul ne réchapperait : cette grande assurance intérieure fondée sur la confiance, la certitude qu'une autre dimension existe. Celle de la connaissance et de l'information. Celle de la survie de la conscience et donc de l'âme. L'espace, le temps et la matière sont transcendés par la puissance de ce sentiment de quiétude absolue.

Nous sommes tous capables d'aimer et le plus agréable, nous sommes tous dignes d'être aimés.

La Vérité bouge, grandit, revient, se contredit, mais n'est jamais captive de rien, d'aucun principe, d'aucune habitude.

Être utile aux autres

Je dois donc être utile. Je veux être utile aux autres. À ces parents inconsolables qui ont perdu un enfant. À ces gens qui s'interrogent sur la vacuité de leur passage sur terre.

« Pourquoi ce don m'a-t-il été donné ? »

Le Christ disait : certains auront du travail manuel, d'autres le don de survie, d'autres encore le don de savoir parler. Moi, j'ai le don de voir. Le don de médiumnité, de servir d'intermédiaire entre le ciel et la terre. C'est une chose merveilleuse qui m'est échue. Je ne peux plus garder ça pour moi seule.

Utile, je l'ai été pour la police. Quand le rationnel s'avère impuissant, on fait parfois appel à nous, les médiums. J'ai ainsi été amenée à intervenir dans l'affaire de la disparition de la petite Estelle Mouzin.

Elle avait disparu en janvier 2003. Quelques semaines plus tard, en vacances à Trouville avec mon petit garçon et le filleul de Michel, j'ai entendu une voix de petite fille avant de m'endormir. Cette voix me disait : « Je suis à Saint-Thibault-des-vignes. » J'ai aussitôt fait le rapprochement avec la petite Estelle dont tout le monde parlait. Et j'avais alors la certitude de son décès. Je suis parvenue à entrer en contact avec son père qui m'a confirmé qu'il existait bien une ville du

187

nom de Saint-Thibault et qu'il y avait des vignes, non loin de Guermantes où elle habitait. J'ai embarqué Michel pour Guermantes. Il m'accompagnait souvent dans mes « missions ». C'était un peu saugrenu, le chanteur célèbre « enquêtant » avec sa femme. Parfois des gens le reconnaissaient et se demandaient ce qu'il pouvait bien faire dans des endroits aussi improbables, hors spectacle, hors interview ou émission.

J'ai guidé Michel qui conduisait jusqu'à la maison d'Estelle. Sa maman nous a ouvert. Bien évidemment, je n'avais jamais mis les pieds dans ce lotissement. Pas plus qu'à Guermantes, d'ailleurs. Pendant ce temps, la petite n'arrêtait pas de me « parler », me disant qu'elle me donnerait le nom de son ravisseur plus tard. Je la « voyais » avoir passé toute une nuit sous une bâche bleue en matière plastique, j'ai décrit comment elle était habillée. J'ai ressenti profondément son agonie au fil de l'enquête. Je me suis sentie mal jusqu'à la nausée.

Le problème dans cette enquête a été que l'on a voulu m'imposer une logique. Avec des coupables au profil type, des lieux logiques. En fait, deux prédateurs avaient opéré sur les mêmes lieux. J'ai tout vu dès que je me suis « connectée » sur la recherche. Je peux affirmer qu'elle a été étouffée, étranglée et violée le soir même de sa disparition.

Mais tout le monde a donné son avis, la mère, les grands-parents, la gendarmerie. Cela partait dans tous les sens. On m'a alors dit ce qu'il ne faut surtout pas me dire dans ces cas-là : « Réfléchissez bien. » Or, mon efficacité est sensorielle. Ce sont toujours mes premiers flashs qui ont raison. Je dois toujours les écouter. Ils ne m'ont jamais trahie. Je ne dois en aucun cas me laisser « fourguer » du pragmatique et du rationnel quand je « vois ». Je ne dois jamais céder à l'analyse car, lorsqu'on me questionne, je vais toujours inconsciemment dans le sens des enquêteurs, pour ménager les susceptibilités, et j'émousse ma première certitude.

Je me souviens aussi d'une autre enquête à laquelle j'ai été amenée à collaborer : celle de la « disparue de Cherbourg ». J'avais été contactée à propos d'une femme qui avait disparu, partie sans laisser un mot. Je me suis rendue à Cherbourg, mais j'avais déjà « fait le job » au téléphone. J'avais vu une falaise, des rochers, une petite montagne, je voyais la femme. Ce décor n'est certes pas vraiment l'image de Cherbourg qui vient à l'esprit. On pense d'abord au port, à la mer, et donc à une noyade. Mais mon premier flash était cette petite montagne.

Michel m'avait encore accompagnée. Le chanteur célèbre et la médium… voilà qui faisait très *L'amour du risque*, cette série des années 1970-80, avec les « justiciers milliardaires, Jonathan et Jennifer », qui se rendent sur les lieux de crime pour apporter leur perspicacité au lieu de siroter un cocktail au bord d'un lagon paradisiaque. Dans ces moments-là, Michel me servait de candide, de résonance. Il s'investissait beaucoup. Et il me connaissait tellement…

On m'a conduite chez le mari de la disparue. Il n'avait plus de nouvelles de sa femme depuis six mois. Il m'a donné une chaussure lui ayant appartenu et je lui ai dit que sa femme est en train de me souffler qu'il devait continuer à faire des omelettes. Pâle de saisissement, il m'a avoué qu'il tenait un restaurant dont l'omelette était la spécialité. Restaurant qu'il avait été contraint de fermer, suite à la disparition de sa femme. Et je lui ai annoncé qu'elle était morte. Près d'un rocher.

Cette annonce peut paraître brutale, mais c'est mon naturel. Cela ne passe pas toujours, j'en conviens.

Je lui ai dit que sa femme s'était suicidée. Je lui ai même donné les raisons de son acte. Pourtant, il était convaincu avec les enquêteurs qu'elle s'était noyée. Moi, je la voyais écrire sur un papier. Une sorte de dernier message.

C'est alors que son corps fut retrouvé l'hiver suivant, avec le papier que j'avais vu, au pied du rocher que j'avais indiqué dès le début.

Long message de Michel

« As-tu remarqué que depuis mon départ tu n'as plus eu aucun problème pour stationner dans Paris sans récolter un PV ? »

J'en convenais. Où que j'aille, depuis le mois de janvier 2016, des places de parking se dégageaient toujours à deux pas des endroits où je devais me rendre. Et jamais je ne recevais de PV ! De vrais coups de chance !

J'avais naturellement demandé à Michel si c'est à lui que je devais ce privilège ou s'il résultait de bienheureux hasards. « Non, ma petite femme, je n'ai pas le pouvoir de faire disparaître une voiture pour que tu puisses avoir de la place. C'est plus simple que ça : je t'oriente vers les places libres que j'ai repérées à l'avance, et je te guide : "Tourne à droite. Prends la première à gauche. Avance de cent mètres." Tu vas là où je te conduis et même lorsque tu ne m'entends pas, ton subconscient enregistre facilement ce que je te souffle. »

Comment un « esprit » peut-il agir aussi bien sur les choses ? Michel m'a dit un jour :

« Mais je ne suis pas un esprit ! Mais j'espère que je le serai un jour. Un "pur esprit". J'ai un corps physique comme le tien. Tu ne peux pas me voir mais mon corps actuel est doté des mêmes fonctions que le tien. Je peux te voir, t'entendre, te sentir, te toucher. Je ris, je souris. Je peux aimer. Je communique et me fais comprendre. Oh, bien sûr, mon nouveau corps n'est plus contraint aux servitudes et aux pesanteurs de mon corps physique mais c'est la seule différence. Il est une étape. À la fois physique et spirituel, un état intermédiaire. Si un jour tu peux m'apercevoir, ce qui est très rare, mon apparence serait identique à celle que tu as connue, les disgrâces et les souffrances en moins. Et comme l'amour est la base de tout, y compris de la communication, mon apparence pour toi serait celle de l'homme que tu as rencontré et aimé il y a trente ans. Tu vois, ma petite femme, que je te parle toujours d'amour. De l'amour. L'amour est la clé de tout. Il ouvre toutes les portes. Même les plus verrouillées. Que ce soit ici ou sur terre. Et tu vois, même les animaux que nous avons aimés et qui nous ont aimés d'amour vrai sont ici auprès de nous. »

Je lui ai demandé : « Mon mari, à quoi ressemble le monde dans lequel tu vis à présent ? »

Et lui de me répondre : « Il m'est impossible de te le décrire. Je suis dans le royaume de l'amour. Il n'y a pas de descriptions possibles. Les couleurs ressemblent à celles des vitraux et les nuages qui se posent le soir sur les montagnes, peuvent faire penser aux couleurs des robes de *Peau d'âne*, ce film que tu avais aimé, enfant. Pour comprendre, il faudrait que tu abandonnes toutes références terrestres.

Sais-tu que les anges existent ? Oui, tu le sais puisque tu as eu l'immense honneur de les voir à plusieurs reprises ! Je me souviens, ma femme, que tu me répétais sans cesse : "Prie tes anges gardiens !"

Comme tu avais raison ! Les anges gardiens comme vous les appelez sont derrière le silence intérieur. Au-dessus de la terre, les oiseaux volent. Par-delà votre espace les anges vont et viennent. Un oiseau qui vole est une présence qui vit sans déranger. Les anges sont comme le vol d'un oiseau. Les montagnes qui vous sont invisibles sont peuplées d'anges. Leurs routes sont des arcs-en-ciel. Ils sont une réalité tellement forte qui laisse pourtant tant d'entre vous incrédules. Pour que les hommes comprennent un peu mieux, je le répète, il faut que vous abandonniez toute référence terrestre, tout concept commun, mais que vous sachiez que bien qu'ayant un corps entièrement spirituel, les anges font tout pour se modeler sur vous. Ils n'ont pas connu la réalité terrestre. Mais ils vous ont été affectés dès l'origine, dans un acte d'amour.

Contrairement aux idées reçues, vos anges gardiens ne se tiennent pas derrière vous. Ils se tiennent devant vous, reculant lorsque vous avancez. Leurs pieds ne touchent pas terre. Les anges embrassent les univers, mais ils ignorent tout de l'étreinte d'amour charnel. Celle que nous avons connue avec une mère, un père, un frère, une sœur, une fiancée… Ils sont bons par nature et ne connaissent pas la jalousie. Ils aiment sans jugement. Sans perdre haleine. Ils sont toujours jeunes, sans âge, jamais malades et leur corps ignore la douleur. Ils sont immortels, toujours heureux et pourtant ils communient avec la souffrance des hommes sur la terre et ici.

Tu me posais des questions sur mon aspect physique tout à l'heure. Je t'ai répondu que j'avais un corps certes plus seulement humain mais aussi spirituel mais un corps tout de même. Cependant, le but est de ressembler aux anges petit à petit. De plus en plus. Graduellement, nous nous "angélisons" afin d'accéder à la divinisation peu à peu nos corps, nos âmes deviennent transparents.

Nous sommes tous des intermédiaires. Des relais, comme les anges mais à des degrés différents. Tout n'est qu'intermédiaire entre Dieu et la création. Sur terre, vous êtes au bout de la création et en remontant vous nous trouvez, puis les grands initiés puis les anges. »

J'ai demandé encore : « Et notre fameux libre arbitre ? Avons-nous vraiment un libre arbitre ? »

Voici sa réponse :

« Chacun de vous avez une grande marge de liberté. Ne croyez pas que le Créateur vous tient au bout d'un fil comme des marionnettes. Vous devez trouver par vous-même les chemins de votre conquête spirituelle. Votre vie est construite de toutes pièces par vous puisque c'est vous qui la pensez. Vous êtes sur la terre pour apprendre une seule chose : l'Amour. Dans les larmes, les contradictions et les épreuves. Unissez tous vos efforts dans une même pensée, l'Amour. Vous avez une mission à accomplir : Aimer. »

Un nouvel amour

Après un grand amour, c'est comme après la sortie d'un coma. On garde au fond de l'âme la douceur irradiée du grand amour. Cette douceur tient lieu désormais de volonté, de désir et de combat. Elle tient lieu d'avenir. Toi que j'ai tant et si longtemps aimé, je t'aime encore et comme dans l'eau claire des paroles de la chanson, je ne t'oublierai jamais.

J'ai lu par hasard dans un livre d'Hemingway, qui était féru de tauromachie, que le taureau, une fois lâché dans l'arène, va vite s'ingénier à trouver sa place, l'endroit où il se sentira plus fort, moins vulnérable disons, parce que son combat contre la cruauté des hommes est perdu d'avance. Cet endroit préféré du taureau s'appelle la « querencia ». De l'espagnol *querer*, qui veut dire vouloir, aimer. Tout « l'art » des peones et du toréro est de parvenir à le déloger de cette querencia où il est le plus dangereux, où il peut organiser ses charges en jaugeant les intentions mortifères du toréador.

Avec cette image de la querencia, Michel, je vais te dire mon amour, ce « nouvel amour » que j'ai pour toi. Tu es ma querencia dans cette arène de la vie que je reçois en plein visage depuis huit mois. Cette vie se révèle de plus en plus âpre à mesure que les mois défilent depuis ton départ. Il suffit que j'aie un signe de toi pour que je me rassemble à nouveau, pour que je trouve une consistance à un projet ou que je m'accroche à une déraison de vivre dans l'injustice généralisée et la bêtise qui métastase comme un lâcher de ballons. Il suffit que je pense à toi pour que la beauté du monde surgisse de toutes parts, alors que je la croyais rayée de la carte quand tu me manques cruellement, maladivement. Il suffit que je retourne à nos souvenirs merveilleux où je ne serai jamais en « rupture de stock », pour que cette arène de vie ne soit plus de feu et de sang, mais que son sable alimente le sablier où le temps s'écoule à l'envers.

Tu es parti en tournée. Une longue, longue, longue tournée. Dont tu ne reviendras pas. Et je me surprends encore à t'attendre. « Tiens, je vais faire un canard aux morilles, il n'aura pas mangé... » ou « Je vais plutôt mettre ce meuble, là, contre le mur, comme ça en entrant il pourra poser ses clés. » Je vis comme si... et comme avant ou presque. Je téléphone à mes amies, j'envoie des SMS tous azimuts, je cours les magasins et les rendez-vous. Même les plus pénibles, ceux qui nécessitent de la paperasse, je ne reste pas en place. Je m'étourdis dans un quotidien renouvelé. Je passe sur les jours comme un doigt sur la flamme d'une bougie. Je les traverse pour ne pas qu'ils me brûlent. Surtout les yeux, quand le sel vient des hautes vagues à l'âme. Quand les gens me parlent, je me place dans le point de vue de Michel. Qu'aurait-il pensé de ce que dit cette personne ? Je revois ses mimiques de désapprobation, de doute ou d'engouement. Je « traduis » tout en Michel. J'indexe ma vie sur son autre présence, je reformate mes jours d'après ma peine surmontée. Ou non.

Bien sûr, je peux aller voir un film, une exposition, aller dîner chez des amis, accepter leurs invitations à la campagne ou au bord de la mer, mais après il faut tailler la route à nouveau avec l'absence en copilote. Comme une béance.

De temps à autre, des bribes de ses chansons m'arrivent, comme des pétales soufflés par le vent, comme celle de « La fille avec des baskets » :

« Elle peut demain se jeter dans un lac
Ou s'retrouver dans un hold-up…
C'était mon sourire, mon atout majeur…
Elle part loin d'ici, loin d'ici… »

Mais je suis obligée de répondre à ces paroles par la négative ! Non, c'est toi qui es parti loin d'ici… elle, elle est toujours là… là d'où tu es parti loin d'ici…

Qu'aurai-je fait si tu avais guéri… ? Sur quelles bases serions-nous repartis après une telle épreuve ? Aurions-nous « sauvé notre couple » comme dit la formule consacrée pour ce genre de situation. Bien sûr, Michel, que nous serions repartis tous les deux. Plus forts qu'avant, certainement. Avec un recul sur les êtres, séparant naturellement le bon grain de l'ivraie, pensant un peu à nous. Comme dans la chanson de Sardou, « Les vieux mariés » :

« Alors il me vient une idée, si l'on pensait un peu à nous ? »

Oui, on aurait fait ça. Si tu étais revenu de loin. De si loin.

De ta voix, de tes pensées, de tes silences, de tous ces tourments dans lesquels tu te retirais, de ces ombres autant que de cette douceur qui passait parfois dans ton regard, je me suis forgé un royaume. À l'extérieur de ce royaume, je ne vois plus que des barbares. Peut-être parce que je me retrouve à vif, que je suis passée de l'extralucidité à la lucidité toute simple. La pire pour continuer la route et ne pas la trouver trop longue.

Parfois, dans ton absence, je ne te retrouve pas. J'ai beau savoir que tu es plus que jamais à mes côtés, que tu donnes le change pour l'au-delà, j'ai l'impression que tu es devenu, ou redevenu, un étranger pour moi. Comme si tout ce que l'on a de plus intime en commun s'était effacé soudainement et de manière irréversible. C'est une sensation de mort imminente, ce doute qui s'installe, s'incruste, prend ses aises et qui finit par me remplir tout entière, ma sensibilité et mon raisonnement.

J'essaie alors de nous discerner lorsque j'entends ta voix à la radio, lorsque je t'aperçois à la télévision, ou sur une photo au détour d'un mur de la maison. Mais j'ai toujours cette peur que « les autres », tous les autres, ceux qui t'ont aimé et qui t'adulent encore te récupèrent entièrement. Peur que cette mémoire collective t'accapare et me rejette dans l'inconscient, collectif, lui aussi. Et, liée à ton départ, à cet arrachement, je me vois dans la scène finale de *Sur la route de Madison* où Meryl Streep fait le choix de son mari et de ses enfants, et regarde Clint Eastwood partir sous la pluie dans sa camionnette, paralysée de ne pas se résoudre à le rejoindre. J'ai peur, au bout du compte, de me « contenter » de rester du côté de la vie, avec mon quotidien, mes enfants, mes amis, mes occupations, et de ne pas rester reliée à toi. Je me sens tiraillée et impuissante.

Message

« Le but de l'homme ne doit être ni le bas ni le
haut. L'élu ne doit tendre ni vers le haut ni vers le bas.
L'élu doit tendre vers le lien. Dieu n'habite ni en haut
ni en bas. Il habite l'accompli et c'est à vous de faire
le lien. Si vous voyez quelque chose tomber en pous-
sière, sachez qu'il approche. Que la lumière approche.
La vie éternelle approche. Nouvel espace et nouveau
temps commencent. Votre œil spirituel s'ouvre enfin
et voit enfin le visage du septième ciel. Alors il ne
souhaitera plus rien voir d'autre. Vous possédez déjà
cet œil. Mais il est fermé. Il n'est pas encore habitué
à la lumière. Il s'ouvrira peu à peu et tous verront par
lui le feu qui jaillit. La naissance et la mort sont sœurs
jumelles. Ne vous trompez pas. L'erreur est de dire :
"La vie et la mort". L'âme a tort d'avoir peur car la
vie est éternelle.

Sa lumière qu'il vous donne est atténuée par nos
ailes car le monde prendrait feu. Nous la filtrons avec
nos ailes. Élevez-vous ! La lumière alors vous tou-
chera et seulement ainsi. À vous alors de la filtrer. La
lumière descend sur la terre. »

Message reçu le 21 avril 2015 depuis mon téléphone par mon ami Francis Basset sur son portable, le mien servant de borne de relais. Je n'en avais donc pas connaissance.

Autres dates diverses

Si une bonne fée m'apparaissait et me disait :
« Vas-y, penche-toi sur ton passé et change ce qui ne
t'a pas plu, ce qui t'a fait souffrir, ou ce dont tu n'es
pas très fière, et remplace tout ça par toutes les belles
choses, toutes les rédemptions que tu veux, tu pourras
les vivre à partir d'aujourd'hui. Je t'exauce tout ça, je
te fais ce cadeau. » Alors je considérerais mes men-
songes d'enfant, mes liaisons foireuses, ces amitiés où
je m'étais investie et qui m'ont mystifiée, mes crises
d'identité qui m'amenaient au bord du gouffre, mes
immenses tristesses que je ne pouvais plus exprimer
que par des colères noires, mes voyages chaotiques et
mes déménagements compulsifs, ma peine d'avoir si
peu connu mon père, ma négligence envers nos enfants
et les autres par égoïsme ou par omission. Je considérerais tout cela mais je ne changerai rien, par peur de
ne jamais te rencontrer, mon amour, ma raison de vivre
ici-bas, si bas, en attendant de te rejoindre tout là-haut.

Mardi 11 août 2016

Dans la galerie de photos de mon téléphone portable,
j'en trouve une, très sombre. Je ne sais absolument pas

de quoi il s'agit. Mais, en y regardant de plus près, à droite, on dirait la silhouette de Michel, faite d'orbes de couleurs. Je reconnais le dessin de son nez.

J'avais pourtant regardé mes photos la veille, et il n'y avait rien.

Ce qui est d'autant plus incroyable est que l'heure indiquée est 18 h 45. Or, au mois d'août, il fait encore jour à cette heure-ci. Dans « lieu », il y a écrit « Pas mentionné », alors qu'il est en général précisé. Plus étonnant encore, sous cette photo piquetée d'étoiles se trouve l'inscription « Emergency ». Or, ce soir-là, j'étais à Deauville et c'était la nuit des étoiles. Je me rends compte alors que lorsque je clique sur la photo, on voit tous ces orbes de toutes les couleurs formant une silhouette humaine.

Samedi 27 août 2016

Tout un vol d'oies sauvages passe au-dessus de l'étang qui se trouve à cinquante mètres de chez moi et...

« Par-dessus l'étang soudain j'ai vu passer les oies sauvages

Elles s'envolaient vers le Midi, la Méditerranée... »[1]

... Les oies sont venues se poser sur mon toit. Chose absolument rarissime. Une vingtaine d'oies sauvages sur mon toit ! Et qui criaient à tue-tête. Cacarder est le verbe approprié.

---

1. Extrait de la chanson « Le chasseur ».

Je suis allée à Toulouse retrouver le docteur Jean-Jacques Charbonier et sa femme. J'avais été tellement bouleversée, impressionnée par sa séance d'hypnose du mois de juillet que j'ai voulu retenter l'expérience. En public cette fois-ci. Nous étions une quarantaine à l'hôtel Pullman proche de l'aéroport de Toulouse où se tenait la rencontre.

Après une courte conférence sur ses fameuses et nombreuses recherches de NDE, il a commencé la séance.

Nous étions installés dans des transats avec des casques audio sur les oreilles et des masques sur les yeux. L'intensité lumineuse a été baissée. La voix de Jean-Jacques nous est parvenue dans le casque, plus grave, plus lente, plus envoûtante. J'ai eu l'impression, une fois de plus, de quitter mon corps par le haut de la tête. J'étais au niveau du plafond, je voyais l'audience en contrebas. Je me suis retrouvée comme ramassée sur moi-même, comme tenue par le dos et tirée vers le haut. J'ai traversé le plafond comme s'il était devenu une « purée » de matière, j'ai vu les lumières de la ville au soir, comme d'un avion, puis la courbure de la Terre qui devenait de plus en plus petite. J'étais aspirée dans un tunnel. Il faisait froid mais je n'avais pas froid. Chaque phase, je l'anticipais de quelques secondes. La voix de Jean-Jacques me la confirmait juste après. Les parois du tunnel étaient transparentes, comme du verre liquide ondulant. À la sortie du tunnel, j'ai vu une sorte de vapeur blanche dans laquelle se dessinaient des silhouettes qui m'attendaient. Elles étaient bienveillantes. Puis je suis arrivée sur une planète inconnue. Je descendais très doucement jusqu'à apercevoir un paysage vallonné, verdoyant, avec en son centre un étang bleu argenté. Ce paysage me faisait étrangement penser à celui que l'on peut admirer depuis la terrasse de la maison de Jean-Jacques en Ariège. Sur la gauche, une petite maison toute simple devant laquelle Michel m'attendait, souriant, rajeuni, magnifique, tendant les bras à ma rencontre. Sur la droite, son père, Bertrand, jardinait en me faisant coucou de la main. La mère de Michel se tenait auprès de son mari, toute fraîche, toute pimpante. Un jeune homme d'une vingtaine d'années, très mince et les cheveux châtain clair était à côté de Michel. J'ai tout de suite su quand je l'ai vu que c'était l'enfant que je n'avais pas gardé et qui avait grandi dans cette dimension. Michel avait retrouvé notre fils. Michel me tenait dans ses bras, mais dès qu'il relâchait un peu son étreinte je m'élevais comme un ballon gonflé à l'hélium, le dos arc-bouté et il me rattrapait. Il me disait que tout allait bien.

Puis j'ai été aspirée vers une boule de feu dans une autre sphère. Ce feu était d'une puissance inouïe, mais ne me brûlait pas. Je suis entrée dans le cœur de cette boule de lumière. De cette boule de feu sortaient des milliards et des milliards de petites boules de feu à l'identique qui étaient autant d'univers.

Je n'oublierai jamais cette soirée. Ne te remercierai-je jamais assez ?

Jeudi 13 octobre 2016

Je reçois un message de Michel *via* mon amie Marie-France. Voici ce qu'elle m'a dit : « Et le voilà qui me parle ce matin. Il me dit qu'il va faire un tour à Chambord et voir comment va Bernard et me parle de Josselin. »

Les Josselin étaient les meilleurs amis de mes beaux-parents. Comment aurait-elle pu le savoir ?

« En revanche, je ne vois pas du tout qui est Bernard. Et il te dit : "Ma p'tite femme, ils sont avec moi. Samuel aussi et toute la famille. Beaucoup de travail. On va tous accueillir les âmes et les horreurs de la terre." »

Te retrouver

Tout comme je te l'ai dit dans tes derniers instants :
« Tu as tout donné à la vie, tu as apporté du bonheur
aux gens par tes chansons, tu n'as jamais démissionné
de ta famille et tu m'as rendue heureuse, lâche prise,
maintenant. Tout va bien se passer, ne te soucie plus
de ceux qui vont rester, tu as fait ce qu'il fallait », c'est
toi, Michel, qui viendras un jour dans mon rêve et qui
me diras :

« Maintenant, toi pleine de vie, je voudrais que tu
lâches une à une ces mille morts que tu as vécues et que
tu penses pleinement à toi. Tu as fait tous tes devoirs
d'épouse comme une petite écolière, excentrique mais
appliquée, tu as écrit le livre de ma vie avec des pleins
et des déliés en restant dans mon ombre, te souciant
toujours de l'harmonie de notre couple, tu t'es occupée de nos enfants comme une louve, les couvant, les
éduquant, les défendant, les assistant et les grandissant
dans leurs épreuves, tu as mis ta famille au-dessus de
tout, la portant à bout de bras sans ménager ta peine.
Tu t'es toujours servie en dernier, n'écoutant jamais la
fatigue de ton corps, fouettant la lassitude comme un
cocher son cheval dans les romans de cape et d'épée.
Ton inquiétude permanente des autres t'a fait traverser
des nuits sans sommeil et des jours sans relief sous les

ors de l'apparence et de l'apparat, ton humilité brouillonne et ta noblesse de cœur ont donné prise à l'avidité et aux jalousies ordinaires. Lâche prise maintenant. Ces mille morts se sont écoulées, mon amour. Pense à toi, vis. Tu en doutes encore, mais tu as tout donné. Et tu m'as tout donné à moi aussi. Par quel miracle, comment as-tu fait pour tout mener de front ? Alors maintenant, selon la formule de Chateaubriand : "Laisse les démons de ton cœur te posséder", jusqu'à l'excès, jusqu'à l'impudeur, jusqu'à ce que les contempteurs de la féminité, cette féminité que tu résumes en mon cœur depuis toujours, s'étouffent ou s'exilent. Fais-le pour moi. »

Voilà ce que tu me diras, Michel, au plus profond de mon rêve. Et je sacrifierai à ta volonté céleste aux premières lueurs du jour, et de tous les autres jours.

Comme le disait Baudelaire : « J'ai plus de souvenirs que si j'avais mille ans. » C'est vrai, Michel. Tu m'as donné plus de souvenirs que si j'avais mille ans. Des bons, des merveilleux, des terribles également. Comme ceux de ta dépression, de ton mal-être, de ta noire mélancolie. Comme ceux de nos deuils que nous avons mis en commun ou ceux de tes creux dans ta carrière. Mais les bons et les merveilleux souvenirs les ont balayés. Comme une vague des Caraïbes balaierait un gué souffreteux et boueux. Tu m'as fait voyager, vibrer, tu m'as surprise, étonnée, charmée sans cesse. Tu m'as fait rencontrer des gens d'une humanité rare, des artistes incroyables, de tendres hurluberlus et des génies. Tu m'as fait vivre des soirées féeriques, des jours éblouissants et des nuits d'étoiles. Nous avons été – et nous sommes encore – un couple. Un vrai. Avec tout ce que cela induit comme luttes, déchirements, remises en question. Mais chaque fois pour nous ressouder plus fort. Nous avions mille jeux entre nous et nous comptions l'un sur l'autre comme deux soldats frères dans la bataille pour nous couvrir à tour de rôle. Désormais, les mille ans sont devant nous. Ils ne sont plus souvenir mais avenir. Nous allons les vivre tous les deux. Notre base terrestre aura servi de terreau pour faire jaillir tous ces jardins du ciel où nous nous promènerons main dans la main.

Je me sens seule. Terriblement seule. Je suis perdue. C'est dur. Tellement dur. Je me sens comme dans une fête fermée lorsque l'on démonte les manèges. Parce que ma vie avec toi a été une fête. Une fête foraine où nous avons souvent emprunté les montagnes russes, mais une fête tout de même. Je fais allusion à la fête foraine parce qu'elle est le type de fête liée à l'enfance, à l'insouciance, aux peurs et aux joies qu'on provoque. Tu es parti. Et la plupart de ceux qui étaient là de « ton temps » pendant la fête, ne le sont plus non plus. Mes vrais amis, qui sont également les tiens, regardent avec moi les manèges démontés et les confettis balayés par le vent. Et m'invitent à m'étourdir de temps à autre, à déplacer ma peine, comme on déplace une photographie aimée sur un meuble.

À chaque élancement de mon manque, je te rejoins, Michel. Par pensée, par action, et avec ton esprit. Comme on disait dans le catéchisme de mes années heureuses, bien avant la dictature religieuse des années de malheur.

Je te rejoins quand la vulgarité médiatique me pèse, quand la laideur urbaine me blesse les yeux, quand le bruit et la musique qu'on m'impose me fouaillent et que je sens la tolérance me fuir. Je te rejoins et je

207

me sens alors comme dans une ambassade, recueillie, écoutée, considérée, protégée. Rien alors ne peut plus m'atteindre, tout est en ordre et je suis en paix avec moi-même, avec mon chemin parcouru et mes luttes à venir sans toi à mes côtés. Je me rassemble, je me reconstitue pour mieux repartir et je mesure la chance de t'avoir eu dans ma vie. Toi, et pas un autre.

Voici un de tes beaux messages, Michel, que j'ai reçu en clairaudience :

« Dieu, c'est l'harmonie. Et lorsque vous déviez de cette harmonie, même un tant soit peu, vous en souffrez. Vous déviez de votre chemin et la souffrance naît. C'est la loi de la causalité. Soyez toujours dans l'harmonie et la beauté. »

C'était toi mon harmonie. J'en entretiens la flamme aujourd'hui, de mon mieux, tant bien que mal. C'est ma façon, non pas de te garder pour moi, mais de ne pas risquer de me perdre, en attendant le moment de te retrouver.

2 janvier 2017

Cela fait tout juste un an aujourd'hui que Michel est parti en éclaireur dans la lumière blanche pour m'attendre et m'accueillir quand Dieu l'aura voulu… Pour l'instant je demeure. Pour paraphraser Apollinaire, viennent toutes les autres nuits et sonne l'heure, les jours s'en vont je demeure.

Je demeure en amour de Michel comme je l'ai toujours aimé, avec des hauts et des bas, mais je l'ai aimé du simple amour que rien ne dépasse et ne guide. Car l'amour est à lui-même son gouvernail, son étoile Polaire et son océan. Son écueil et son port. J'ai aimé. J'ai été aimée. J'ai aimé de tout mon poids temporel et de tout mon élan vers l'éternité. Mon erreur – ma faute ou mon péché – réside dans l'amour démesuré des êtres finis. Je pense que ce que j'ai fait de meilleur et de pire émane de l'amour que j'ai porté à mon mari. Le ciel jugera. D'ici là, attends-moi.

Remerciements

Je voudrais tout d'abord remercier Anouk, mon amie de toujours. Anouk mon acharnée, mon esthète, mon modèle, mon cap. Je lui dois mon courage, ma force et ma pulsion d'écriture. Je souhaiterais remercier mes enfants pour leur amour, leur prévenance et les repères qu'ils m'ont donnés au plus fort de la peine. Merci aussi à Didier van Cauwelaert pour son soutien et sa foi en moi, à Jean-Jacques Charbonnier pour son amitié et sa complicité par-delà les nuages, à tous ces amis qui me sont restés plus que jamais fidèles après le départ de Michel, à Francis Basset particulièrement, pour ce lien indéfectible qui nous unit à travers Michel et après bien des orages, merci enfin à Marie-France, Sandrine, et tous ces êtres de lumière qui m'ont guidée et soutenue pour ce nouveau départ.

Table des matières

*Cet ouvrage a été composé et mis en page
par PCA, 44400 Rezé*

Imprimé en France par
CPI Bussière
en novembre 2024
N° d'impression : 2081453

Pocket – 92 avenue de France, 75013 PARIS

S28027/07